岩 波 文 庫

37-735-1

カヴァフィス詩集

池 澤 夏 樹 訳

目次

■一九一一年以前

■一九二四年

■一九二五年

■一九二六年

■一九二七年

カヴァフィス詩集

壁

思慮もなく、慈悲もなく、また恥もなく
彼らはわたしの周囲に厚く高い壁を築いた。

今、わたしはここに坐(すわ)っている、絶望している。
何も考えられない。不運だけがわたしの心を領している、

外にはなすべきさまざまなことがあるというのに。
壁が築かれた時、なぜわたしは気付かなかったのか。

しかしわたしは騒音や石工の声を耳にはしなかった。

〔1〕

知らぬ間にわたしは外の世界と切りはなされていた。

一八九六年九月に書かれた。印刷は一八九七年一月。

窓[11]および**町**[23]と共に、精神的な幽閉を主題としている。古代ならばこのような不運は神々の与える運命（モイラ）と解して耐えるところだが、近代にあってはこれは主人公の単なる被害妄想ととられかねない。彼自身あたうるかぎりの反抗をしたわけではなく、その意味では被害を運命にたかめるだけの努力を怠った。

老人

騒がしいカフェの奥の方に
一人の老人がテーブルにもたれて坐(すわ)っている、
新聞を前におき、連れもなしに。

みじめに卑(いや)しく年老いた彼は
力も機知も美しさもそなわっていた年頃に
楽しみのいかに少なかったかを思う。

老いたことを彼は知っている、感じている、見ている。
それでも若かった日々はつい昨日のように思われるのだ。

それから今までのなんと短かかったことか。
そして考える、分別にあざむかれたのだと。
いつも信じたのだ——愚かにも！——
《明日は充分時間がある》という嘘を。

思い出す、抑えてしまった情熱を、犠牲にした
多くの喜びを。愚かな知恵から無駄にした
機会の数々が今、彼をあざわらう。

……が、思いを重ね、記憶をたどるうちに
老人の心はかすみはじめる。やがて彼は
カフェのテーブルに倚(よ)りかかって、眠りこむ。

一八九四年十月「疾く過ぎゆく歳月」という題で書かれた。一八九七年発表。この時、彼は三十一歳だった。

カヴァフィスの詩にはしばしば喪失感が歌われる。ここでは「なしくずしの老い」とも言うべきものの雰囲気が扱われている。若い日々と老いてからの毎日はあまりにかけはなれているが、その対照を説明するはずの長い歳月は実感されず、欺かれたという印象ばかりが強い。

イタケー［31］において主人公は「過程が実は目的地なのだ」という逆説的な真理をさずけられるが、その真理に気付かず「明日」を信じてしまったのがこの老人だと言うことはできないか。

この詩は官能の詩に属すると言えるかもしれない。この老人の若いころの姿をわれわれは、**煙草屋の飾り窓**［72］や**居を定める**［86］などに見ることができる、あるいは老人がそうありたいと願った姿を。また同性愛者たちが人なみ以上に老醜を厭うことは広く知られている。カヴァフィスが晩年まで髪を漆黒に染めていたという話が伝わっている。

アキレウスの馬 [3]

あれほど強く、勇ましく、また若かった
パトロクロスが死んださまを見て
アキレウスの二頭の馬[*1]は泣きだした。
不死と定められた彼らはこの
死のなしたわざを目のあたりにして憤(いきどお)った。
頭をふりたて、長いたてがみをゆすり、
地を足で蹴って、彼らは嘆いた。
パトロクロスは生命を失った——彼はもういない——
今はただ卑(いや)しい肉体のみ——魂は失われた——
身を護ることもできない——息もしない。

生からおおいなる無へと彼は戻ってしまった。

不死の馬たちの流す涙を見たゼウスは
嘆じて言った、「ペーレウスの結婚に際して
わたしは愚かな真似をしたものだ、
我々は彼に二頭の馬を贈るべきではなかった。
不運な馬どもよ！　地上で何を見たのか、
運命の玩具に過ぎぬみじめな人間どものあいだで
死にも老いにもわずらわされぬおまえたちが
たまさかの災厄におびえるとは。人間どもの
苦労におまえたちが巻きこまれるとは」——[*2]けれども
二頭の高貴な動物が沛然（はいぜん）と涙を流しつづけたのは
死という永遠の災厄を思ってのことだった。

一八九六年七月に書かれ、翌年十二月「古代の日々」という題で発表された。『イーリアス』の第十七歌の四二六行から四五五行までを下敷きにしている。すなわちギリシャ側の英雄パトロクロスがトロイアのヘクトールに討たれたのを見て、パトロクロスの友人アキレウスの二頭の神馬が泣いたという条。『イーリアス』の中でも有名でよく詞華集に引かれる部分である。

＊1　アキレウスの父ペーレウスがテティスと結婚した際、ゼウスをはじめとする主要な神々もその席に連なった。そしてポセイドーンが(彼は海の神であると同時に馬と地震の神でもあるから)二頭の馬、バリオスとクサントスをペーレウスに贈った。アキレウスの戦車を引くのはこの二頭である。二聯四行目で「我々は」と言うのは実際に馬を贈ったのがゼウスではなくポセイドーンだからである。

＊2　ここ以下、馬たちがパトロクロスその人の死を嘆いて泣いたのではなく、人間すべてに課せられた死というさだめに同情して涙を流したのだという部分は、カヴァフィス独自の考えであって『イーリアス』にはない。

祈り

海がその深みへ一人の水夫を連れこんだ——
彼の母は何も知らずに聖母のところへ通い
その前に丈高い蠟燭(ろうそく)をともす*1
息子の早い帰還と好天を祈って——
そして全身を耳にして風を聞く。
しかし、彼女がそうして祈ったところで、
聖画は厳粛に悲しげにそれを聞きながらも、

［4］

知っている、彼女の待つ息子がもう決して戻らぬことを。


一八九六年に書かれ、一八九八年に個人的なパンフレットに発表。

キリスト教の基礎は愛の概念にあるが、時代と場所によってその内容には違いが生じる。神とキリストのほかに聖母や聖者たちまでが祈禱(きとう)の対象になり、聖画(イコン)が重視される。東方教会は純正であると同時に、西側から見るとどことなく異教的でもある。古代の神々は人間を贔屓(ひいき)にはしても愛しはしなかった。その冷酷のかすかな残照がこの聖母の画像にあるのではないか。

*1　教会はいつも開いている。人々は入るとまず蠟燭を一本取って火をともし、少額の喜捨をし、それから思うところを祈る。

サルペードーンの葬儀

ゼウスは悲しみに沈んでいた。パトロクロスが
サルペードーンを殺したのだ。そして今
メノイティオスの子[*1]とアカイア勢は死体を
奪い、はずかしめるため、駈けよらんとしている。

しかしゼウスがそれを許すはずはない。
愛する子[*2]が死ぬにはまかせたが——
それは法の定めるところだったがゆえ。[*3]
少なくとも死者の名は護ってやらねばならぬ。
かくて、見よ、彼は遺体のしかるべき扱いを

［5］

指揮させるため輝けるアポローン[*4]を平野へとつかわした。

アポローンは敬意と悲しみのうちに
英雄のかばねを抱きあげ　川へと運んだ。
埃(ほこり)と血糊をきれいに洗いおとし、
恐しい傷を跡も残らぬように
閉じあわせた。その上に馥郁(ふくいく)たる
アムブローシア[*5]を注いだ。眩しい
オリンピア風の衣裳を着せた。
肌を白く晒(さら)し、真珠の櫛(くし)で
その漆黒の髪を梳(す)いてやった。
美しい四肢を整え　長々と寝かしつけた。

今や彼は戦車を乗りこなす若い王のように見えた――
年のころは二十五か二十六というところ――

最も速い馬の引く黄金造りの戦車で
競走に出場し、名誉ある賞を得て戻って
休息しているといったありさま。

輝けるアポローンは命じられたことを
かくなしおえ、二人の兄弟「眠り」と「死」[6]を呼んだ。
そして遺骸を富めるリュキア[7]の地へと
運ぶように言いつけた。

二人の兄弟「眠り」と「死」は
富めるリュキアの地へと徒歩で
遺骸を運んだ。王の家の
門に到着した時、
彼らは誉(ほま)れあるかばねを引き渡し
ほかの任務ほかの仕事へと戻っていった。

遺骸が引き取られるとすぐに、王家では
行列をつらね、誉れ明らかに、また悲哀の声も高く、
聖なる器の神酒(みき)をなみなみと注ぎ、
しかるべき威儀をまったくととのえ、葬儀が始められた。
そして、この国の腕よき職人ら、
名の通った工人どもが
墓と碑を造るために集ってきた。

一八九八年に、前年に出された**アキレウスの馬**[3]と同じ「古代の日々」という題のもとに発表され、更に推敲を経たあげく一九〇八年に現行の題で再発表された。**アキレウスの馬**[3]や未発表詩篇「プリアモスの夜の騎行」と同じく『イーリアス』の一情景をそのまま一篇の詩にしたてている。話の内容は**アキレウスの馬**[3]に先立つ部分で、ゼウスの子でありトロイア側の武将の一人でもあったサルペードーンがパトロクロスに殺された後、葬儀が王として領していたリュキアで行われるまでを扱っている。

第十六歌六六六行から六八三行まで。彼を殺したパトロクロスはやがてヘクトールに殺されるが、その時の話が**アキレウスの馬**[3]となる。

＊1　パトロクロスのこと。アカイア勢はギリシャ勢と同義。

＊2　サルペードーンはゼウスとラーオダメイア、あるいはゼウスとエウローペーの間の子とされる。

＊3　ギリシャの神々はユダヤの神とは異なって決して全能ではない。最も権勢のあるゼウスとても運命（モイラ）に逆らうことはできない。モイラは本来は神々とは別の範疇に属する。詳しくはE・R・ドッズの『ギリシァ人と非理性』（みすず書房）などを参照のこと。ゼウスはおのが息子を救いえない嘆きを第十六歌四三三行～四行で女神へーラーにむかって語っている。それをカヴァフィスは法（ノモス）という言葉で表す。この部分は『イーリアス』の本文にはなく、ホメーロスをパラフレーズして書かれたこの詩の中で詩人自身の意想が最も前面に押出された部分となっている。そしてその点においてこの詩の主題は**アキレウスの馬**[3]のそれに通じ、死ぬべき者としての人間という問題に集約されてくる。

＊4　アポローンはゼウスとレートーの子であり、サルペードーンとは異母兄弟になる。ただし一方は神、一方は死すべき人。「輝ける」は常にアポローンを形容する語で、原詩ではそれだけでアポローンを表している。

＊5　アムブローシアは、ネクタルが神々の酒であるように、神々の食物だが、傷をいやすためにも用いられる。

＊6　どちらも抽象概念の神格化で、このように具体的な行動者としての記述は『イーリアス』のこの部分のほか僅(わず)かしかない。

＊7　小アジア南西部の国家。サルペードーンはここの王だった。

蠟燭（ろうそく）

未来の日々は我々の前に立ちならんでいる、
火をともした一列の蠟燭のように――
金色で、熱く、生き生きとした蠟燭の列。

過ぎ去った日々は我々の背後にある。
消えてしまった蠟燭がみじめに並んでいる。
一番近いものはまだくすぶっている。
そして、溶けて曲った冷たい蠟燭の列。

それらを見たくはない、その哀しい姿を、

〔6〕

かつてそれが放った光を思うと哀しくなる。
前を見れば火のともった一列の蠟燭。
ふりむいて目に映るものにおののきたくはない、
暗い列がなんと速やかに伸びてゆくことか、
消えた蠟燭がなんと速やかに増えてゆくことか。

一八九三年八月に書かれた。その時には**老人**[2]と共に「疾く過ぎゆく歳月」という総題のもとにまとめられていた。一八九九年十二月に発表された時に現行の題になった。

主題を「光陰矢の如し」と言ってしまうとひどく軽くなる。過去に喪失感がつきまとっていることと、日々それぞれの間に脈絡がなく、生がいわば刹那的におくられている感があるのが要点。一つの人生を一本の蠟燭に見立てる例は死神にまつわるヨーロッパ各地の民話に見られるが、ここに見るような比喩は他に例を知らない。蠟燭のほとんどが燃えつきた結果**老人**[2]となる。

この蠟燭はやはりギリシャ正教の教会で用いられる、黄色くて鉛筆くらいの太さのひょろりとしたのものだろう。

第一段

ある日テオクリトスにむかって
若い詩人エウメニスが嘆いた、
「これで二年間が過ぎましたが
書けたものといえば牧歌がただ一篇。
それがわたしの作品のすべてです。
情ないことに、見あげてみれば
詩作の階梯は高く高く伸びていて
わたしが今いるのはその第一段目。
不運なわたしにはこれ以上は登れますまい」
テオクリトスは言った、「そのようなことを

[7]

口にしてはいけない、それは不敬というもの。
おまえが第一段にいるということこそ
誇るべきであり、また幸運でもあるのだ。
そこに至るのは小さな成果ではない。
それをなしとげたのはおおいなる名誉なのだ。
第一段に立っているというだけで
平凡な人々から遠く距(へだた)っているのだ。
階段を踏んでいる以上おまえは
イデアの町[*2]の一市民としての
資格を得たわけではないか。
その町に住むのはたやすいことではなく、
市民権を手に入れる者は稀(まれ)である。
町の市会に列する立法者たちは
場あたりの山師などを受けいれはしない。
そこに至るのは小さな成果ではない、

それをなしとげたのはおおいなる名誉というものだ」

一八九五年二月に書かれ、一八九九年十二月に発表された。主題は、詩という困難な芸術に対する詩人の心がまえ、理想主義と超俗主義といったところ。ここにあるきびしい詩作観は詩人自身のものでもあった。発表の後にまで至る執拗な推敲、更には一応書きあげた作品の約半分しか発表にあたいするとみなさなかった厳重な作品管理、などが彼の公刊詩篇を四十年間に百五十四篇という数におさえた。二年間で牧歌が一篇というのはカヴァフィスにとってもそう無縁な詩作速度ではなかった筈だ。

＊1　紀元前三世紀前半の詩人。田園詩や牧歌の祖とされる。おそらくシチリアの生れで、生涯の一時期をアレクサンドリアで過しており、プトレマイオス二世の宮廷に出入りして、頌歌（しょうか）を奉ったりしている。エウメニスは架空の人物。

＊2　もちろんプラトンに由来する表現だが、ヘレニズム期のアレクサンドリアには実際にこのような雰囲気があったのであって、遠来の詩人はその文名ゆえに歓迎された筈である。超俗主義も大都市においてこそ強かったろう。

老人の魂

［8］

古びたぼろぼろの身体の中に
老人の魂が坐(すわ)りこんでいる。
そのみじめであわれな姿、そして
それがひきずっている生はただ重いばかり。
その生を失うまいと魂は身をふるわせ
生の混乱と矛盾を愛しつづける、
古びてさんざ傷んだ肌の内側に――
悲壮にも滑稽な姿で[*1]――坐りこんで。

一八九八年に書かれ、**壁**[1]、**窓**[11]、**町**[23]などと共に「牢獄」という総題を与えられている。発表は一九〇一年。

「牢獄」という総題で詩人は壁や暗い部屋、町などに閉じこめられた精神を扱ったが、ここでは肉体に幽閉された魂が歌われる。老人が主人公という点は**老人**[2]にも通じる。

＊1　原文は、英語にすれば tragicomic にあたる言葉。

……オオイナル拒否ヲナシタル者

時として人の上に、おおいなる承諾と
おおいなる拒否のいずれかを明言すべき
日がめぐってくる。承諾の用意のある者は
すぐに知れる。それを口にして彼は

すみやかに名誉と確信の中へ入ってゆく。
拒否する者とて心は変らない。再び問われても彼は
また拒否するだろう。しかしその――正しい――拒否が
彼の一生をだいなしにしてしまうのだ。

［9］

一八九九年七月に書かれ、一九〇一年八月三十一日に発表。

題は『神曲地獄篇』の第三歌第六〇行から取られている。点線の部分は"per vilta (怯懦ユエニ)"であるが、カヴァフィスはことを一般化するためこれを故意にはぶいた。『神曲』の中ではこれは自信のなさゆえに教皇位をボニファキウス八世に譲ったケレスティヌス五世を指すと解釈される。壽岳文章訳では「心おくれのため大事を拒んだ人」。

中断

［10］

神々の業(わざ)を中断するのは常に我々、
性急で無経験な刹那の動物である人間。
エレウシースの城で、プティーアの城で
デーメーテールは、またテティスは
盛大な炎と濃い煙の中で見事に業を進める。しかし
かならずやメタネイラは王の間から
恐れおののき髪をふり乱して駈け込むし、
かならずやペーレウスはおびえて邪魔をするのだ。

一九〇〇年五月に書かれ、翌年の十二月に発表された。

人間の子に永遠の生命を与えようという神々の好意が、その子の親の浅慮のために成就しない。テティスが不死性を与えようとした子はアキレウスである。ギリシャ神話における神々と人の関係は詩人のよくとりあげたところで、この詩と逆の場合が**約束違反**[13]で扱われている。

窓

暗い部屋から部屋をうろついて
重い日々を送りながらわたしは、
あちらこちらと窓を探しまわった。——開いた
窓は心を慰めてくれるだろう。——
しかし窓はなかった、あるいはわたしに
見つけられなかったのか。その方がよいのかもしれない。
外の光はまた別の圧制者かもしれない。
新しいものの正体がいったい誰にわかるだろう。

［11］

一八九七年八月に書かれ、一九〇三年十一月三十日に発表された。

「牢獄」詩篇の一つ。これもまた閉じこめられた精神を扱っているが、その精神は壁[1]などよりまた一歩後退して、すでに脱出の意志を放棄している。最終行を酸っぱい葡萄と見るのは見当違いで、事情はそれ以上に退嬰的であるようだ。覇気の片鱗もなく疲れきった魂。

テルモピュライ

[12]

その人生においてそれぞれのテルモピュライを
定め、また護る人々にこそ栄誉あれ。
義務の念にそむくこと絶えてなく、
正義のすべてを行うばかりか、
同情と憐憫(れんびん)をも決して忘れない彼らに。
富める時、常に度量がひろいのみか、
貧しい時にもそれなりにやはり度量がひろく、
できるかぎり人に手をさしのべる彼らに。
常に真実のみを口にしながら
虚言を弄する者をも憎まない彼らに。

そしてまたなお一層の栄誉を与えよ、
最後にはエピアルテス[*1]が立ち現れると、
メーディア勢が押しよせると予見する
(多くの者は予見するのだ)その時の彼らに。

一九〇一年一月に書かれ、一九〇三年十一月三十日に発表された。

テルモピュライはペルシャ戦争の際(ギリシャ側にとって)最も悲壮な戦いの行われた場所。ヘロドトスの『歴史』第七巻二〇一節から二三九節に詳しい。英傑レオニーダスに率いられたスパルタの戦士たちはここで祖国のため進んで生命を捨てた。彼らはこの詩の中では古典ギリシャ的(むしろスパルタ的)倫理の象徴にまで高められている。そして人々はそれぞれのテルモピュライを持ち得るし、英雄的にふるまうことができる。運命を選びとるという主題においてこれは……**オオイナル拒否ヲナシタル者**[9]にも通じる。

＊1　祖国を裏切ってペルシャに通じ、ギリシャ勢の背後にぬける間道を教えた男。ためにギリシャ勢は全滅した。

約束違反

［13］

「それでは、われわれはホメーロスを多くの点で賞讃する者ではあるが……アイスキュロスに対しても、次のような場面については、賞讃を拒まなければならないだろう。すなわち、そこでテティスは、自分の婚礼の席でアポローンが歌いながら、『彼女の子供たちの幸運のことを細かく告げた』と言う——

　私の子たちが病いをしらぬ長寿の生を送ること、
その他ありとあらゆる幸せを語って　神に愛される私の幸運を
寿ぎ(ことほ)の歌にうたって　この私をよろこばせた。
私はポイボス・アポローンの神々しい口、予言の術に長けた
その口は　けっして偽りを語らぬものと信じていた。
それなのにこの神は……
みずからそのように語っておきながら、みずからこの私の子を

殺したもうた神なのです。」

（プラトン『国家』第二巻）[*1]

テティス[*2]とペーレウスが結婚した時
アポローンは輝く婚儀の席で
新婚の二人の結びつきから
やがて生れる子を祝福して
言った、その子は決して病を知らず
長い生涯を完(まっと)うしよう、と。――神の言葉を聞いて
テティスはいたく喜んだ。予言の力にたけた
アポローンの言葉こそは子供の身の安泰の
なによりの保証となろうから。
アキレウスが長じて、その美しさが
テッサリアの評判となった時、
テティスは神の言葉を思い出したものだ。
しかし、ある日、老人たちがやってきて、

アキレウスがトロイで死んだとの知らせを伝えた。
テティスは紫の衣裳を引き裂き、
首飾りや指環を身から引きむしり
地面にむかって投げつけた。
嘆くうちに昔日の記憶がよみがえり、彼女は
自分の息子が若いさかりで死んだその時、
賢きアポローンは何をしていたのか、婚礼の席で
忘れがたい言葉を口にした詩人は、
かの予言者はいったいどこにいたのか、とたずねた。
老人たちは答えた、アポローンその人が
ほかならぬ彼こそが、トロイの地に降りたち、[*3]
トロイ人と共にアキレウスを殺したのだ、と。

一九〇三年五月に書かれ、翌年の五月に発表された。
ヘロドトスの『歴史』の第一巻、リュディアの王クロエソスの場合と同じく予言が人

をあざむく。この話の場合にはアポローンその人が自分の予言を完全にくつがえしてしまう。アポローンは巫女の予言で有名なデルポイの神域の主神であり、神々の中でも最も予言の術に長じているのだが、未来を語る者、ないしその能力を人に与える者としてのアポローンの性格にはどこか暗い狡猾な面がある。シビュラにしてもカッサンドラにしても彼から未来を知る能力を授けられたがために悲惨な運命を辿ることになる。この詩の場合アポローンは、完璧な者としてではなく、単に強力なる者として神なのであり、プラトンが否定したのも神々のそのような性格であった。

＊1　第二巻の最後の部分。引用は藤沢令夫訳。

＊2　テティスは海の女神の一人であって、それが人間であるペーレウスのもとに嫁いだ。生れたばかりのアキレウスを火中に投じて不死身にしようと試みたのは彼女であり、それが事情を知らぬペーレウスによって中断されたため、アキレウスの踵の部分に致命的な弱点が生じた（**中断**［**10**］を参照）。しかしこの詩ではカヴァフィスはテティスの神性をまったく無視し、アポローンの言葉にのみ頼る人間的な母親にしたてて劇的効果を増している。神話や歴史の最も劇的な瞬間を捕えて記述するのはカヴァフィスの得意としたところだ。

＊3　ホメーロスの中でアキレウスの死は直接には語られていないが、『オデュッセイア』の中に、冥界に降ったオデュッセウスが死んだアキレウスに会う場面がある。伝えられるところによればアキレウスはアポローンないしその教唆を受けたパリスの引く弓で踵を射られて死んだという。

蛮族を待ちながら

――広場に集って我々は何を待っているのか？

今日、蛮族がやってくるはずなのだ。

――なぜ元老院の中は静まりかえっているのか？
なぜ議員たちは立法を行わず坐(すわ)ったままなのか？

なぜなら今日蛮族がやってくるから。
議員たちがこれ以上法を作って何になる？
やってくる蛮族が法を作るだろう。

[14]

——なぜ皇帝はあのように早く起床し
市の一番大きな門の前に玉座を据え
王冠を戴き、威儀を正して坐っているのか?

なぜなら今日蛮族がやってくるから。
皇帝は彼らの長を迎えようと
待っているのだ。彼に手渡すべき
羊皮紙は用意された。多くの名前と
位階が書きならべられた。

——なぜ二人の執政官と次官たちは今日
刺繡(ししゅう)のある赤い寛衣をまとっているのか、
なぜ紫水晶をいくつもちりばめた腕環と
輝く大きな指環を身につけているのか、

なぜ今日は金と銀の、細工もきわだって見事な
笏(しゃく)を手にしているのか？

なぜなら今日蛮族がやってくるから。
あれらの品々で蛮族の目をくらまそうというのだ。

——なぜ名の知れた雄弁家たちはいつものように
得々と演説して思うところを語らないのか？

なぜなら今日蛮族がやってくるから。
雄弁な演説など彼らを退屈させるだけだろう。

——なぜ人々は急に落着かなく、不安そうな表情に
なったのか(彼らの顔のなんと深刻なこと)
なぜ道と広場にはまったく人影がなくなり

人々はそれぞれの家の中をうろついて考えこんでいるのか?

なぜなら夜になったのに蛮族が来なかったから。
何人かの者が国境から戻ってきて、
蛮族など一人もいないと伝えたから。

さて、蛮族が来ないとなると我々はどうすればいいのか。
彼らとて一種の解決には違いなかったのに。

一八九八年十一月に書かれ、一九〇四年に私家版詩集に発表。初期の傑作の一つ。カヴァフィスが対話という手法をこれだけ劇的に用いた例はほかにない。歴史的な時と場所が明示してあるわけではないが、用語は衰退期のローマを示唆している。
カヴァフィスは個人的な感情を歌う一方、集団の意識を描出する術に長じ、それが詩人としての彼に近代個人主義とは別の、一種古代的性格を付与しているし、歴史的なものの見かたを支えてもいる。彼は「もし詩人でなかったら自分は歴史家になっていただろう」と語ったと伝えられる。

国でも家でも、また個人でも、隆盛にむかう時期から、最盛期に達し、やがて衰退する過程で、その実力の盛衰と意識の変化のあいだには必ずずれが生じる。意識の方が常に遅れるのだ。文化とは実力を失いつつある集団の意識のよそおい、白鳥の歌なのではないか。

古代の栄光を遠望する末世のギリシャ人であり、没落した豪商の子だったカヴァフィスにはこのような実力をともなわぬ意識、力の喪失と文化という美しいぬけがらに対する強い関心がある。このような強烈な喪失感がなければ、あるいは彼の歴史観はA・トインビーあたりのそれに近いものだったかもしれない。

この詩の書き手は皇帝の玉座や名前と位階をつらねた羊皮紙や、執政官のけばけばしい装身具といった文化が蛮族に対して効果を発揮するとはもう信じていない。事情はもっとずっと悪化している。それを極めて劇的に一息に言いきるのがこの詩の最後の行だ。彼等は蛮族の支配を恐れ、懐柔を画策する一方で、身をあずけてしまいたい、すべてをまかせてしまいたいと望んでもいる。退嬰が生むこのような逆説的心理、覇気の徹底的欠如は詩人自身の心の中にも根強くあったかもしれない。

声

我々が愛し、理想とした声、
死んだ人々の、また死んだも同様
いなくなってしまった人々の声。

時として彼らは夢の中で話しかけてくる、
時として沈思する心は彼らの声を聞く。

そしてその声と共に一瞬、我々の
人生の最初の詩の声がよみがえる——
すぐに消える夜の遠い音楽のように。

［15］

第一稿は一八九四年七月に書かれ、同年十二月に発表された。その後一九〇三年に書き改められ、一九〇四年の八月十五日に刊行。

この詩人の目は過去以外の方向をむくことはない。その過去はホメーロスの時代、神話の時代からつい昨日までを包含する。と言ってそれが常に喪失を歌うわけではなく、この詩のような扱いかたはむしろ珍しい。

最終聯は特に象徴主義的である。失われた人々の声は言葉としての意味が揮発してしまい、ただ音楽性だけがかすかに残っている。

欲望

［16］

死んでしまって、もう年を取ることもなくなり
頭に薔薇を、足元にジャスミンを飾られて、涙のうちに
壮麗な廟（びょう）に安置された美しい肉体——
満たされることなく過ぎた欲望とは
そのようなもの。一夜の快楽も許されず
輝く朝を一度も知らぬままに。

一九〇四年九月に書かれ、同年十二月に最初の私家版詩集（『詩集』という題であった）に収められた。

この詩はたった一つの比喩からなりたっている。すなわち満たされずに過ぎた欲望は美しい死体。ここに言う欲望とは恋の望みの肉体的側面。比喩が一目瞭然でないだけに、その真の意味の方へと想像力をうながす。

トロイ人

我々の努力は敗退にしか至らない。
我々の努力はトロイ人のそれに似ている。
少々はうまくゆく、時にはちょっとしたことを
なしとげる。そして自分たちに
勇気と希望があると思いはじめる。

しかしいつもなにかが行く手に立ちふさがる。
正面の塹壕（ざんごう）の中からアキレウスが
大音声（だいおんじょう）で我々を恫喝（どうかつ）する——

［17］

我々の努力はトロイ人のそれに似ている。
決意と胆力によって自分たちの運命の
進路を変えられると我々は信じこむ。
そして外へ出て戦いをはじめる。

しかし、大きな危難が襲ってくると
胆力と決意はどこかへ消えてしまい、
心はゆらぎ、すっかり麻痺してしまい、
逃れて身一つを完(まっと)うしようと
城壁のまわりをぐるぐると走りはじめる。

敗北を回避することは決してできない。城壁の
上にいる時から悲嘆の声はすでに聞えていた。
心は過去の日々の記憶にすすり泣いている。
プリアモスとヘカベ[*1]は我々を思ってさめざめと泣いている。

一九〇〇年六月に書かれ、一九〇五年十一月三十日に刊行。

カヴァフィスにとってギリシャ人の歴史は人間の営みすべての範型である。彼はさまざまの例をギリシャ人の歴史の中から取り出して、現代の我々にあてはめる。トロイ人は敗北したが、ここで重要なのは単なる敗北ではなく、敗北に至る運命論、ないし敗北主義の方だ。諦念(ていねん)ではない。彼らは、我々は、努力する。それでも敗北にしか至らなかった場合に、「やはり」という風に精神は敗北の原因をことの起る以前に求める。

それにしてもこの詩にどこか悲劇とは別のもの、むしろどことなく滑稽な感じがあるのはなぜか。戦いというものは実際に干戈(かんか)を交える直前まではったりで相手の自信をうばう作業である。剣の勝負が決したとたんにはったりは虚になる。その時ふりかえって見るならば弱者(であると定まった側)の高言は滑稽にならざるを得ない。この詩はその段階まで達した上での一種気弱な弁明なのだ。

＊1　トロイの王と王妃。ヘクトールの父母。ヘカベの嘆きについてはエウリピデスの『トロイの女たち』を見るとよい。

デーメートリオス王

［18］

王ではなく役者のやうに、あの芝居じみた衣裳を灰色の上衣に著換へて
密かに逃げ去つた。

プルタルコス『デーメートリオス伝』*1

マケドニア人たちが自分を見捨てて
ピュロスの方につくことを明らかにした時、
デーメートリオス王は(偉大な魂の
持主であったが)まったく――と伝えられる――
王らしからぬふるまいをした。彼は行って
黄金の衣裳を脱ぎすて、
紫色の半長靴もその場に

ほうり出し、目立たない衣服を速やかに
着こんで、そのまま行ってしまった。
そのさまはまるで俳優が
公演を終えた後、舞台衣裳を
脱いで帰ってゆくようだった。

一九〇〇年八月に書かれた。刊行は一九〇六年七月三十日。
プルタルコスの『英雄伝』のうちのほんの一行を素材にしている。なぜ詩人がこの部分に惹かれたのかはともかく、少なくともここが劇的であるのは明らかだ。デーメートリオスの行為はいさぎよさとして肯定されるわけでも、威厳の欠如として否定されるわけでもなく、あざやかなメタモルフォシスとして、意味ではなく効果のために取りあげられている。
＊1　『英雄伝』のデーメートリオス伝、第四四節。河野與一訳。
　デーメートリオスの同じ行為についてプルタルコスはピュルロス伝第一一節に、「デーメートリオスは……恐れをなして密かにマケドニア兵の被る縁の広いフェルトの帽子を被り、粗末な外套を著て逃げた」と書いている。これによればデーメートリ

オスの換衣はむしろ落ちのびるための変装のようであるが、カヴァフィスはその解釈にはつかず、上記の役者云々に依って詩を作っている。

ディオニュソス群像

工匠ダモンが(彼にまさる名工は
ペロポネソスには見あたらない)パロス産[*1]の
大理石で彫ったディオニュソスの行列に
最後の仕上げをする。神は雄々しい
栄光の姿、力強い足取りで先頭を行く。
すぐ後には「鯨飲[*2]」が続く。その横では
「銘酊」がサチュロス等の上に
蔦のからむ壺から葡萄酒を注いでいる。
また傍には芳醇(ほうじゅん)な「美酒」が
酔眼をなかば閉じ、眠りかけた態。

[19]

その後には伶人(れいじん)たちの一列、
「歌舞」や「妙音」、「道化」等が行く。
「道化」は手に行進の尊き松明を持ち、
なんとしてもこれは消さぬつもり——この
めでたき儀式のさまをダモンは造った。その前で
彼の思いはいく度となく
報酬のことにおよぶ、シュラクサの王より
三タラント[*3]、たいした額だ
彼の持つほかの資産と合わせれば
向後(きょうご)は贅(ぜい)をつくして暮せる筈。
そして政界[*4]にも乗り出せよう——この喜び！——
議会にも入れようし、アゴラにも立てようもの。

一九〇三年七月に書かれ、一九〇七年の四月十五日に発表。

主題は酒神ディオニュソスと彼にまつわる概念を擬人化した神々の行列の大理石像。原題の意はディオニュソスの取り巻き、ないし行列、というに近い。工匠ダモンは架空の人物で、彫刻も具体的な作品を前提としているわけではないらしい。ヘレニズム期にはこんな彫刻は無数にあったのだろう。

＊1　エーゲ海キクラデス諸島の島。ここの大理石は東地中海全域で最高の品質を誇り、建築ではなくもっぱら彫刻に用いられた。

＊2　以下酒と歌舞と饗宴というディオニュソスの属性を擬人化した神々が続く。

＊3　タラントは重量の単位。ここはおそらくアッティカ単位であろうから、三タラントは七八・六キログラム。この重量分の銀とすると、二〇二四年五月の相場で約七百六十万円、たしかにたいした額だ。

＊4　自註「ダモンは腕の良い職人であるが、彼の人生の目的は経済的自立の達成といった程度のことで、政界に入るのも楽に生きてゆくためにほかならない」。アゴラは町の中心となる広場。商業や社交の場であると同時に政治の場でもあった。

単調

単調な一日の後に
寸分も変らぬ単調な日が続く。また
同じことがおこり、くりかえされて、また――
似たような時が我々を訪れ、去ってゆく。

月が過ぎ、別の月をもたらす。
やってくる歳月を見通すことはたやすい、
昨日の退屈が再び来るだけのこと。
そして明日は遂に明日であることをやめる。

[20]

一八九八年七月に書かれたが、発表は十年後の一九〇八年二月。

壁[1]や**窓**[11]、さらには**町**[23]などと同じく幽閉的な精神状態を扱った作品。自註「ペシミズム的な詩に見えるが、そうではない。つまりこれは特例である。人間全般が運命の壁にとりまかれているわけではなく、一人の特定の人間が運命の壁にとりまかれているに過ぎない」。カヴァフィスは**町**[23]についても同じようなことを言っている。彼の自註というのは晩年になってから若い友人に語ったことの筆記であり、執筆の時からは三十年を経ている。

足音

黒檀(こくたん)で造られ、珊瑚(さんご)の鷹(たか)で
飾られた寝台で、ネロはぐっすりと
眠っている——何も知らず、静かに、幸福に。
その強健な肉体は若さ[*1]の極み、
勢力に満ちあふれている。

しかし、雪花石膏の大広間で、
先祖神[*2]の祭壇にまつられた
アエノバルブス[*3]家の神々の心はさわぐ。
いくつもの小さな神像はふるえおののいて

[21]

目立たぬ身体を隠そうと懸命になっている。
なぜなら彼らの耳におそろしい物音が、
階段を登ってくるすさまじい音が、
階段をふるわす鉄の足音が聞えてくるから。
そのためあわれな神々は気も遠くなりかけ、
祭壇の奥へと必死で身を隠し、
たがいに押しあいへしあいしている。
やがて一体の小さな神像が倒れる。
聞えてくる音がいかなるものかやっとわかった、
あれは復讐神[*4]たちの足音だ。

一八九三年八月に第一稿が書かれ、一八九七年に「古代の日々」という総題で**アキレウスの馬**［3］などとともに発表された。ネロを扱った作としては**ネロの命数**［77］がある。カヴァフィスは実に視覚的光景的な詩人だが、この詩ではそれがきわめてドラマチックに用いられ、ほとんど映画に近い効果をあげている。

＊1　ネロは三十歳で死んだ。

＊2　Lares Familiares というのはその家の先祖に由来する神で、ローマの家では暖炉のわきに Lararium と呼ばれる仏壇のような場所に、この神の小さな像がいくつもならべられた。

＊3　ネロの父方の家系。彼の母アグリッピナは子を連れてクラウディウス帝と再婚した。帝位は養子であるネロに渡された。

＊4　エリニュエス。肉親を殺した罪、その他道義的な犯罪を追及する、ギリシャ神話の中でも最も正義派の、執拗な、恐しい女神たち。翼を持ち、すさまじい形相でどこまでも罪人を追いまわし、遂には狂気に追いやる。母クリュタイムネストラを殺したオレステスは彼女らに追われてギリシャ全土をさまよった。彼女たちがネロのもとへ来たのはネロが母アグリッピナを殺したからである。

〔22〕

あの男だ

エデッサ出身の一人の男[*1]――ここアンティオキア[*2]ではよそもの――
知る人もなく、ただ書き続ける。そして遂に
最後の聯(れん)ができあがる。これですべて合せて

八十三篇の詩。しかしこの執筆の労に、
詩作の努力、精神の集中、ギリシャ語の
詩行の推敲に、詩人は疲れはてた、
今はすべてが無意味に思われる――

けれども、この困憊(こんぱい)の内から急にある考えが

浮びあがる——素晴しい「あの男だ」という声、
かつてルキアノスが夢の中に聞いたその声が。

執筆は一八九八年八月。発表は一九〇九年三月。
この題はルキアノスの「夢」という詩に由来する。彼が若い頃、夢の中で文芸の女神から「おまえが異邦に行っても、どんな土地でも、人に知られずにすむことはない。わたしはおまえに特別のしるしをさずけよう。人々はおまえを見て隣の者をうながし、おまえを指さして「あの男だ」と言うだろう」と言われて文筆で立つ決意をした。カヴァフィスの作品の中の無名詩人はこの逸話にはげまされる。それは仮託されたカヴァフィスの気持かもしれない。**第一段**[7]などと並んで詩人の姿勢を示す作。
＊1　メソポタミア北西部にあったオスロエネ王国の首都。
＊2　シリアの首都。カヴァフィスお気に入りの町の一つで、彼の作にはしばしば登場する。

町

おまえは言った、「別の土地へ行こう、別の海へ行こう。
これよりも良い町がきっとみつかるだろう。
ここでは俺の試みはすべて失敗と決っている。
俺の心臓は――まるで死体のように――土に埋っている。
こんな廃墟にいつまで俺の心がいられるものか。
どこに目をむけようと、どちらを見ようと
見えるのは俺の人生の黒い残骸だけ。
何年をここで過し、駄目にし、無駄に捨てたことか」
新しい土地などおまえにはみつからない、別の海などみつからない。

［23］

この町はおまえについてまわるだろう。おまえは同じ道を
ただうろつくばかり。そしてこの界隈で年老いて、
同じこれらの家々の中で色褪せるばかり。
何度出てもこの町へ戻るだけだろう。別の町を望むな——
おまえのための船、おまえのための道はありはしない。
こうしてこの小さな片隅で人生をむざむざと過すうちに、
おまえはほかの地での人生をもすべて駄目にしてしまったのだ。

一八九四年八月に書かれ、一九一〇年四月に発表された。
この作品と**イタケー**[31]とは相補的な関係にある。ここではすでに失敗してしまった人生が語られ、[31]では成功に至りそうな人生が予見される。自註「人生を無駄にしてしまった一人の男がより良い、より道徳的な生をやりなおそうと試みる。都市は、幻想の都市は彼の後をつけ、追いこし、同じ道と同じ街区を用意して待ちぶせる。詩人にとってこの詩は普遍的な事実ではなく、一つの特例に過ぎない」。しかしながらカヴァフィスの詩において失敗やはずれた予想、目論見違いは最も頻繁に現れる主要なテーマで

あり、そこに詩人の世界観を読みとらないことはむずかしい。例えばサトラップ領[24]を参照。この都市を詩人が住んだアレクサンドリアと見てもいいが意味がない。自註にもかかわらずテーマはやはり普遍的である。

サトラップ領

[24]

不運なことよ、おまえは立派な
大きな仕事をなしうる器量をもちながら、
正義を知らぬおまえの運命はいつも
激励と成功を拒んできた。
くだらない習慣や些事(さじ)の類、
また無関心などがおまえの邪魔をした。
そしてある恐しい日、おまえは運命に譲って、
(屈服して譲ったその日よ)
スーサ[*1]を目指して旅にのぼり、
君主アルタクセルクセスのもとに至った。

気に入られたおまえは宮廷に入り、
サトラップ領とかを提供された。
のぞみもしなかったそんなものを、
おまえは絶望から受け入れた。
だがおまえの魂は別のものを求めて泣いている。
別のもの、市会と賢者たちの讃辞を、
アゴラと劇場における得がたく、また
計りしれぬ価値をもつ評判を。
アルタクセルクセスはそんなものは与えない、
サトラップ領はそんなものをもたらさない。
では、それらなくしてどう生きていけばよいのか。

一九〇五年七月に書かれ、一九一〇年六月に発表。
サトラップは古代ペルシャの行政官名で、相当な権限をもって地方のサトラップ領を支配するなかば自治的な職掌。ダレイオス大王の時代に整備された。

　この詩の主人公はギリシャ圏で自分の運が開けないのでペルシャに行き、アルタクセルクセス王(同名の三人の王のうちおそらく一世)に気に入られて、二十しかないサトラップ領の一つを与えられる。しかし彼が本当にのぞんでいたのは蛮邦における顕職ではなく、ギリシャ圏のポリスでの評価だった。

　ギリシャからペルシャに走った人物としてはダレイオス大王の時代のデマラトス(**デマラトス**[100]参照)や、この詩と同じアルタクセルクセスの時の将軍テミストクレス(プルタルコス『英雄伝』参照)があるが、カヴァフィスは後に、この詩の主人公はそういう政治的人物ではなく、もっと象徴的な存在、芸術家か学者であると言っている。学芸の中心としてのギリシャという印象はたしかにその方がずっと強まる。また彼はこれと**町**[23]を脱出の不能と無意味を扱う対の作と考えていた。
＊1　アケメネス朝ペルシャの首都。

三月十五日

［25］

魂よ、栄耀栄華を恐れよ。
もしも野心が抑えきれぬものならば、
せめて用心深くためらいがちに
その後を追え。上位へ登ればそれだけに、
なお一層注意して進むがいい。

そして頂点に達し、カエサルとなった時、
名を広く知られるに至った時には、
街へ出る際にこそ最も用心せよ、
伴の者を率きつれた有力な顕官のそばへ

群衆の中のアルテミドーロスは必らずや
手紙をたずさえて進み出で、早口に
言うだろう、「これを今すぐお読み下さい。
御身に重大なかかわりのあることです」
その時はすぐにも足を留め、人々との話も
仕事もすべて後まわしにせよ。ほかの者の
挨拶も会釈もみな無視するがいい、
(彼らにはまた後で会える)。元老院さえ
待たせるに支障はない。ただちに読むがいい、
アルテミドーロスの重大な知らせを。

一九〇六年三月に書かれ、一九一〇年十二月に刊行。
原題は「三月のイデス」で、イデスは一か月のまんなか。三月の場合には十五日をさす。

主題は無論カエサルの暗殺である。共和制から帝制にうつるローマ帝国の歴史の歩みにおいて、カエサルは帝位に対する野心を示すのがほんの少し早すぎた。そのために彼はカッシウスとブルートゥスによって暗殺された。それに先立っていくつかの前兆が彼に警告を発していた。ある予言者は「三月のイデスに用心せよ」と言ったが、その日カエサルは警告を無視して元老院におもむいた。またブルートゥスの仲間と親交があって暗殺計画を知ったアルテミドーロスなる哲学教師がその詳細を書いた手紙を登院する途中のカエサルに手渡したが、彼はそれを読まずに、手にしたまま元老院に行って殺された。プルタルコス『カエサル伝』六三節から六五節を参照。カヴァフィスは**テオドトス**[47]でもカエサルを扱っている。

語りかけられている相手はカエサルその人ではなく、「カエサル」の座を求める架空の野心家である。詩人はここでも古代社会におけることの起りかたの一例として、この暗殺の一件を語っている。

ことの決着

恐怖と疑惑のさなかにあって、
おののく心、おびえた眼、
疲れはてた我々は、目前の
恐しい危難からいかにして
逃れようかと画策する。
いや違う、まちがいだ、危難など路上にない。
つまりは誤報だったのだ、
(あるいは聞きおとしか、勘違いか)。
その時、思いもかけなかった別な災厄が
いきなり、猛然と、眼の前に降って湧く。

[26]

なんの用意もなく――その暇はもうない――我々は足をすくわれる。

一九一〇年五月に執筆、一九一一年二月に発表。

トロイ人[17]などと同じく、これもまたカヴァフィスの、失敗の現象学の一例。ことがうまくいかない、という場合に対してなぜカヴァフィスはこれほどの関心を示したのか。彼の人生観に失敗という概念が常につきまとっていたのか。しかし彼自身は人生においてさほど失敗を重ねたわけではない。それはむしろ彼の父の代の話だ。聡明な子供はそれをじっと見ていて、長じてからの地味で平穏な生活の中でそれについて思索を重ねたのかもしれない。

ティアナの彫刻家

［27］

わたしのことはお聞きおよびかと思うが、初心者ではない。
ずいぶんな量の石をわたしの手は扱ってきた。
我が故郷ティアナでは相当に広く
名を知られている者。この地でも多くの
議員たちから彫像の注文を受けている。

今ここでいくつかの作を
お目にかけよう、このレア[*1]に目をとめていただきたい、
威厳と忍耐に満ちたこの始原の姿に。
このポンペイウス[*2]を御覧あれ、またマリウス[*3]を、

パウルス・アエミリウスを、スキピオ・アフリカヌスを。
どれも本人に似せられるかぎり忠実に似せたものだ。
こちらはパトロクロス[*4](まだ少々手直しをするつもり)。
あの黄色い大理石のわきにある
あれはカエサリオーン[*5]。

わたしは相当の時間をポセイドーンの
像に費した。その馬を作るのに
もっぱら工夫をこらした。とりわけ、いかに作れば
その身体がきわめて軽く、足が
地を踏むのではなく、水の上を
駈けていることが明らかにわかるかという点に。

しかし、わたしが最も愛するのは
最も心を尽し、情を移して制作したのは、

この像。ある夏の暑い日、
わが心が理想の境に遊んだ折に
夢の中に現れたこの姿、若いヘルメスだ。

最初に書かれたのは一八九三年六月。一九〇三年十一月に書き改められ、一九一一年三月に発表された。

ディオニュソス群像[19]にも見るとおり、彫刻家はカヴァフィスの好みの職業だった。この作品にあらわれる人名から判断すれば、時代は紀元前から紀元後へかわる時期、場所はローマ。ティアナはカッパドキアの都市。辺境というほどではないだろうが、ローマ帝国全体から見れば地方都市である。そこからローマへ出て、元老院議員たちの注文を取ったというのだから、やはりこの彫刻家、腕は良かったのだろう。ただし、彼はあくまでもローマ時代の職人であり、フィディアスでは決してない。つまり、ギリシャ彫刻の理想性の前ではどうしても見おとりせざるを得ないあのローマ彫刻の瑣末主義に従っている。「忠実に似せ」ること、馬が水の上を走る感じを出すことが彼の技術的誇りとなる。その彼がほんの一瞬だけギリシャ的理想への接近を口にする、あるいは一点だけ理想を得て制作した作品を語るのが最後の聯。これがローマとギリシャの文化的関係をうまく表している。

＊1　レアはギリシャ神話の始原的な女神。クロノスの妻でヘーラー、ポセイドーン、ゼウスなどの母。

＊2　将軍。第一次三頭政治を担った一人。**テオドトス**［47］にその生首が登場する。

＊3　以下三人はいずれもローマの執政官および将軍。ただし、この時代より百年ないし二百年前の人々である。

＊4　**アキレウスの馬**［3］、および**サルペードーンの葬儀**［5］を参照。

＊5　カエサルとクレオパトラの子プトレマイオス十五世のあだ名。カヴァフィスには**カエサリオーン**［73］という詩がある。

神がアントーニウスのもとを去る

真夜中、突然に、見えない
楽隊が通りすぎるのが聞える。
妙なる楽の音と人声(ひとごえ)が聞える——
遂に尽きたおまえの命運、失敗に終った
仕事、すべて偽瞞(ぎまん)だったおまえの人生の計画、
それらを嘆いても今は詮(せん)ないこと。
ずっと以前から覚悟を決めていたように、勇敢に、
別れを告げるがいい、去ってゆくアレクサンドリアに。
なによりもまずおのれをあざむくな、夢だったとは、
耳にだまされたとは、言うな。

［28］

そんなうつろな希望でおのれをおとしめるな。
ずっと以前から覚悟を決めていたように、勇敢に、
これほどの町を運営してきた者にふさわしく、
落着いて窓のそばへ寄るがいい。
真情を込めて聞くがいい。
卑怯(ひきょう)者のように哀願などせず、
ただ聞け、耳に渡る最後の楽しみを、その声を、
不思議な楽隊の絶妙な楽器の音を。そして
別れを告げるがいい、おまえが失ったアレクサンドリアに。

一九一〇年十一月に書かれ、一九一一年四月に発表。

この題はプルタルコスの『アントーニウス伝』第七五節からの引用。

アクティウムの海戦でオクタヴィウスに敗北したアントーニウスはアレクサンドリアに戻る。オクタヴィウスはこの偉大な都のそばまで軍を進めた。形勢がアントーニウスにとってまったく不利となったある夜、楽隊の音が町の真中から城門の方へ進み、外へ

出て消えてしまった。人々はアントーニウスを守護していたディオニュソス（シェイクスピアはヘラクレスとしている。『アントニーとクレオパトラ』四幕三場）が彼を見捨てて去っていったのだと話しあった。

しかし、カヴァフィスは大胆な改変を試み、去っていったのはアレクサンドリアそのものなのだとする。この町の名はギリシャ語では女性形であるから、女神と考えられる。古代にこの町の持っていた一種軽佻なうわついた雰囲気を女性に見立てたものか。アレクサンドリアという町を扱う時カヴァフィスの筆は特にさえる。

アントーニウスを扱った作品としては**紀元前三一年、アレクサンドリアで**[114]、**小アジアのある町で**[123]などがある。

イオニア風

我々が彫像をみな打ちこわしたとて、
神殿の外へ追いはらったとて、
神々が死に絶えたわけではない。
おお、イオニアの地よ、神々はまだおまえを愛している、
彼らの魂はまだおまえを憶えている。
八月の曙（あけぼの）がおまえの上にひろがる時
その大気の上を彼らの生（せい）の若さが行き過ぎる。
そして時にその霊妙な青春の容貌が、
速やかに、おぼろげに、おまえの、
連なる丘の上を飛翔する。

〔29〕

一八九六年十月に書かれ、一九一一年五月に書き改められた上で同年六月に発表。ここに言うイオニアはアドリア海の南のイオニア海ではなく、小アジア西部の謂(いい)である。「我々」というのはキリスト教徒。彼らによる偶像破壊の後でも話し手は、背教者ユリアヌスのように、古代の神々に対する共感を持っている。神殿を出て野を走る神々は若く、どこかフェアリーに似て、シェイクスピアの「夏の夜の夢」を思わせるところがある。

プトレマイオス朝の栄光

わたしはラギディス*1、国の王、（権力と
富とによって）究極の悦楽を手に入れた者。
マケドニアに、あの蛮族の地に、わたしに匹敵する
者はいない。わたしに近い者さえいない。セレウコス家の
若僧の安っぽい好色こそ笑うべきしろもの。
もしもおまえがそれ以上のものを望むなら、知るがいい、
我が町こそは教師、全ギリシャ圏の頂点、
すべての知識すべての技術を知る最高の賢者、と。

［30］

一八九六年八月に初稿。一九一一年五月に書き改められて同年九月に発表された。

アレクサンドロス大王の帝国は彼の死後三つに分割され、セレウコス朝のシリアとプトレマイオス朝のエジプト、それにアンティゴノス朝のマケドニアになった。文化的にはアレクサンドリアを首都とするプトレマイオス朝が最も隆盛だったと言えるが、この王が自慢しているのは自国の官能的な悦楽(ヘドニス)の面であり、「知識」も「技術」もその悦楽の手段である。

＊1　プトレマイオス朝の王の称号。ここでは具体的に誰かは特定されていない。

イタケー

イタケーを目指して旅立つ時は、
冒険と発見に満ちた
長い旅路を願え。
ライストリュゴーン人、キュクロプス、
怒れるポセイドーン、[*1] などを恐れるな。
彼らがおまえの旅路に立現れることは決してない、
選びぬかれた感情がおまえの
精神と肉体に触れているかぎり。
ライストリュゴーン人、キュクロプス、
荒狂うポセイドーン、などに会うことはない、

[31]

おまえが魂の中に彼らを宿していないかぎり、
おまえの魂が眼前に彼らを立たしめないかぎり。

願え、長い旅路を。
楽しさと喜びに心満ちて
はじめて見る港へ入ってゆく、
その夏の日の朝の多からんことを。
フェニキアの交易所に足を留め、
良い品々を手に入れんことを。
真珠母と珊瑚（さんご）、琥珀（こはく）、黒檀（こくたん）、
ありとある種類の官能的な香料[*2]、
のぞむかぎりの官能的な香料。
またいくつものエジプトの町々を訪れ、
そこの賢者たちから学びに学ぶようにと[*3]。

心では常にイタケーを思え。
おまえがそこへ着くことはすでに定まっている。
だが決して無理をしてはならない。
旅が何年にもわたるなら、その方がのぞましい、
島へ着いた時におまえは年老いて、
道々得たもので豊かになり、
イタケーに富をあおいだりはしないだろうから。

イタケーはおまえに良い旅をさずけた。
彼女[*4]なくしてはおまえは旅立たなかった。
だが彼女が与え得るものはもうない。

彼女の貧しさ[*5]におまえは気付くかもしれないが、イタケーはおまえをあざむいたのではない。
多くの経験によって賢くなったおまえは、

その時こそ知るだろう、イタケー[*6]が何を意味するかを。

最初に書かれたのはおそらく一八九四年の一月。完成したのは一九一〇年十月。発表は翌年十一月。

イタケーは無論オデュッセウスの故郷の島であり、この詩は『オデュッセイア』を踏まえているが、主人公はオデュッセウス自身とは重ならず、むしろもっと若い印象を与える。人は目標を定めて旅をはじめるが、その目標からよりは旅の途中で得る物の方が実は多い。例の如く逆説的な表現をとってはいても、カヴァフィスの詩の中では珍しく先が明るい。**町**[23]の主人公に対して詩人は同じ予言を与えなかった。

*1　どれも『オデュッセイア』中に現れる。前二者はオデュッセウスの行手をはばむ異形の者だが、海神ポセイドーンは彼の長い放浪の強制者である。オデュッセウスは海神の呪いのためになかなか故郷に帰りつくことができない。

*2　このような物産の列記は東方的な印象を与え、旧約聖書に言う「没薬と乳香」などを思わせる。

*3　エジプトはギリシャよりずっと長い歴史を持ち、それ故に知恵においても数等まさり、賢者の数も多いという考えが古代ギリシャにはあった。たとえばプラトンは『ティマイオス』の中で、賢者ソロンがエジプトのサイスで神官から歴史を教えられ

たとしている。

＊4　「彼女」で受けてあるが、これは「イタケー」がもともと女性形の名詞だからで、特に擬人法というわけではない。

＊5　イタケーは山の多い小さな島で今行っても実際貧しい。島民は細々と漁業を営み、若い者は島外・国外へ出かせぎに行く。ホメーロスの時代にも豊かだったとは思えない。

＊6　この「イタケー」は複数で示され、この詩の主題の一般性を示している。

危険

これはミルティアスの言葉（彼はシリア人、
コンスタンス帝とコンスタンティウス帝の時代に
アレクサンドリアに住んだ。学生にして、
なかば異教徒、なかばキリスト教徒）。
《理論と研究を通じて強化された者であるわたしは
臆病者のようにおのが情熱を恐れはしない。
この肉体は快楽に手渡そう、
また夢に見た楽しみの数々に、
あるいは大胆な恋の欲望に、
そして放恣（ほうし）きわまる我が血の衝動に。

［32］

恐れることは何もない、なぜならその気になれば――
理論と研究を通じて強化されたわたしには
すぐに意志の力が湧くだろうから――
決定的瞬間には間違いなく
禁欲的な我が魂を見出せるだろうから。》

一九一一年十一月に発表。ちなみにこの年、詩人は四十八歳である。

この作品の主人公ミルティアスは架空の人物。時期は共にコンスタンティヌス大帝の子でローマ帝国を東西に分けてそれぞれ統治したコンスタンティウス二世とコンスタンスの頃、つまり四世紀のなかばである。この時代の雰囲気は例えば辻邦生『背教者ユリアヌス』に詳しい。キリストの死後三百年にわたってこの新しい宗教は弾圧にもかかわらず勢力をひろげ、コンスタンティヌス大帝はこれを遂に合法化した。しかしローマ帝国全体があっさりとキリスト教色に染まったのではないことは、すぐ次の時代に背教者ユリアヌスという、キリスト教徒の立場から見れば逆行的な皇帝が出たことでもわかる。このミルティアスのような狡猾(こうかつ)な考えかたもあったろうし、カヴァフィスは必ずしもそれを退けてはいない。言うまでもなく禁欲的なのはキリスト教徒の方である。題意は信仰の危機ということ。

ヘレネスの友

彫琢の仕上りには特に気を配り、
真摯で威厳のある描写とすること。
王冠はどちらかといえば細めがよろしい。
パルティア人[*1]のかぶるような広いのは好まない。
刻銘は例の如くギリシャ語で、
表現は誇張や尊大を避けるよう――
穿鑿（せんさく）とローマへの報告に汲々（きゅうきゅう）としている
地方総督に疑いを抱かせないことが肝要――
とはいえ我が名誉は表してもらいたい。
裏側にはなにか特別なものが欲しいところだが、

33

若くて綺麗（きれい）な円盤投げの選手などどうだろうか。
何にも増して注意してほしいのは
（シタスピスよ、神かけて忘れないでくれ）
「王」と「救い主」の後に
優雅な書体で「ヘレネスの友」の一語を刻むこと。
知恵者ぶって、「どこにヘレネスがおりますか」とか、
「ザグロス[*2]を越えたここ、フラアタ[*3]の此方（こなた）にヘレネス風な
ものがありますか」とか問うのはやめておくがいい。
我々よりも野蛮な種族があそこでもここでも
そう刻んでいる以上、我々が遠慮する理由はあるまい。
それにまた、我々のもとにはしばしば
シリア[*4]のソフィストたちやら詩を作る者、
その他いろいろな役立たず共がやって来おる、
すなわち、我々とてヘレネス的なものと無縁ではないのだ。

一九〇六年七月に書かれ、一九一二年四月に発表。

主人公はローマ時代の東方の小国の王。彼はシタスピスという大臣に金貨のデザインについて指示を与えている。ローマ帝国の領土となってからもギリシャは文化的な優位を保ち、それ故にヘレネスすなわちギリシャ人の友とは文化に理解ある者を意味するようになった。この王の国は実際にはローマ帝国の傘下に入って、ローマから派遣される総督(プロコンスル)によって監督される限定自治の国である。

しかし彼は自分のところは隣国ほど野蛮ではないと考え、細めの冠を誇り、「ヘレネスの友」という称号に値すると思っている。ただしその根拠は最後の四行に見るとおり相当に薄弱である。

＊1　カスピ海南東の国。もともとは遊牧民だから、たしかに野蛮かもしれない。
＊2　メディアとアッシリアをへだてる山脈。
＊3　メディアの町。現イラン北部。パルティアの王は冬の間ここに滞在した。
＊4　**ヘロデス・アッティクス**[34]の註1を参照。

［34］ヘロデス・アッティクス

これはヘロデス・アッティクスの何たる栄誉。
我がソフィスト中の大物セレウキアのアレクサンドロスが[1]
講義のためアテネに行った。着いてみると、[3]
町は空っぽだったが、それというのもヘロデスが
田舎に行っていたから。若い人々は
彼の話を聞こうとその後を追って行ったのだ。
そこでソフィストたるアレクサンドロスは
ヘロデスに一通の手紙を認めて、どうか、
ギリシャ人たちを送り返していただきたいと頼んだ。

分別に富むヘロデスはこう返書したものだ、
「ギリシャ人と共にわたしも戻りましょう。」――

今、アレクサンドリアで、アンティオキアで、
またベイルートで、若い人々は
(ヘレニズムを学ぶ明日の雄弁家たちは)
美食のために集う席で、
時には誰かソフィストのすぐれた学問を噂し、
時には素晴しい恋の話をする。その途中で
急にすぐ傍の酒の器のことを忘れ、
心そこにあらぬ顔で口をつぐみ、
ヘロデスの幸運のことを考える――
このようなことが他のどのソフィストにできたか――
彼が何を望もうと、また何をなそうと、
ギリシャ人は(ギリシャ人が!)その後に従う。

批判したりあげつらうためではなく、
もう選ぶということさえせず、ただ従うのだ。

第一稿は一九〇〇年四月に書かれ、一九一一年十二月に書き改められて翌年六月に発表。

主人公ヘロデス・アッティクス(一〇一～一七七)はアテネのすぐれたソフィストで、富裕であることでも広く知られた。現在もアテネに残る彼の名を冠した劇場(オデイオン)は彼が私費で建築して公共に寄附したもの。彼については『ローマ帝国衰亡史』の第二章が参考になる。

＊1　これは単なる知者・賢者ではなくて成人を相手にする一種の教師、つまり職業であり、町から町へ旅した者も多い。その教授する内容は道徳から記憶術に至るまでさまざまあったが、すべて一種の哲学には違いない。と言うよりは、当時哲学は何等かの形で実生活において機能するものであった。あるいは、知を愛する精神的姿勢が人間の生活を律する、と言おうか。

＊2　実在のソフィスト。彼は「粘土のプラトン」とあだ名された。本当のプラトンは大理石という含みがあるのだろう。

＊3　カヴァフィスの詩にアテネが現れるのはほぼここのみ。

アレクサンドリアの王たち

[35]

クレオパトラの子供らを見せるために
アレクサンドリアの民が集められた。
カエサリオーン[*1]とその弟たち、
アレクサンドロス[*2]にプトレマイオス[*3]、彼らが
ギムナシオン[*4]を出て人前に立つのはこれが初めて。
整列した目覚ましい兵士らを前にして
彼らの王位が告示される。

アレクサンドロスは――アルメニア、メディア、
そしてパルティアの王と宣言される。

プトレマイオスは――キリキア、シリア、
およびフェニキアの王と宣言される。
その前に立っているのがカエサリオーン。
薄紅の絹地の服を身にまとい、
胸にはヒアシンスの花束、
腰帯にはサファイアとアメシストが二列並ぶ。
履物は白いリボンで結ばれ、
薔薇色の真珠が縫いつけてある。
彼は弟たちより偉大な者と呼ばれ、
諸王の王と宣言される。

アレクサンドリアの民は無論知っている、
そんな宣言がただの言葉、三文芝居に過ぎぬことを。

しかしそれは暖かい詩的な日のことで、

空の色も淡い青だった。
アレクサンドリアのギムナシオン、
技術的には完璧な成功、
侍従たちはとりわけ尊大だったし、
カエサリオーンは優雅で美しかった。
(クレオパトラの息子だ、ラギディスの血だ)。
アレクサンドリアの民は祭典の場に犇(ひし)めいた。
ギリシャ語で、[*5] エジプト語で、またある者はヘブライ語で
口々に、夢中になって、歓呼の声をあげ
見事な見世物に陶酔しきった――
内心ではこれらすべての無意味を知りぬき、
王位がからっぽの言葉にほかならぬことを承知しながら。

一九一二年五月に書かれ、二か月後に発表された。

出典はプルタルコスの『アントーニウス伝』第五四節。アントーニウスとクレオパトラが子供たちに王の称号をおくる茶番劇のありさま。カヴァフィスの作品群の中では**神がアントーニウスのもとを去る**[28]、**カエサリオーン**[73]、**紀元前三一年、アレクサンドリアで**[114]などと照応する。彼は歴史の皮肉を民衆の心の二重性の中に見ている。ページェント、パレード、祭典、儀式といったものは古代から現代に至るまで支配者と民衆をつなぐ政治的機能を担ってきた。それで民衆がいつも本心から踊ったわけではない。

＊1　クレオパトラとカエサルの子。

＊2　アントーニウスとクレオパトラの間に生れた子。アレクサンドロス・ヘリオスと称される。両親の死に際してローマへ送られ、オクタヴィアヌスの凱旋式に列席し(あるいは陳列され)、後その姉でアントーニウスの正妻でもあるオクタヴィアに育てられた。プルタルコスの『アントーニウス伝』三六節にその出生に関する記述がある。

＊3　プトレマイオス・フィラデルフォス。兄と同じく父母の死後はローマでオクタヴィアに育てられた。

＊4　体育場。男子の教育はもっぱらここで行われた。

＊5　エジプトの海岸に位置してはいてもアレクサンドリアがギリシャ人、正確にはマケドニア人を王と仰ぐ都であったことを忘れてはならない。クレオパトラを「エジプト人の女王」とするのも見当違いで、彼女にはエジプト人の血は全然入っていない。それでもプトレマイオス朝の歴代の支配者の中では彼女はまだしもエジプト人の立場に理解を示し、エジプト語を話せる点で例外的だったと言われる。

戻っておくれ

時おりは戻ってきてわたしに憑いておくれ
愛しい感覚よ、時おりは戻ってわたしに憑いておくれ――
肉体の記憶が目覚める時に、
昔の欲望が血の中をめぐる時、
唇と肌が思い出す時に、
あるいは手にまた触れると感じられる時に。

時おりは夜戻ってきてわたしに憑いておくれ
唇と肌が思い出す時に……

[36]

第一稿は一九〇四年六月に書かれ、一九〇九年九月に書きなおされて一九一二年の十月に公刊された。

老人と官能という、それぞれにカヴァフィスがよく扱った主題がここで結びあわされる。老人は楽しかった青春の記憶の中で、まるで眠る前に良い夢を見ることを願うように、感覚の追体験を望む。

教会にて

[37]

わたしは教会を愛する——六翼の天使[*1]を、
銀の祭具を、燭台(しょくだい)を、その光を、
聖像を、また説教壇を。

ギリシャ人の教会[*2]に入る時、
わたしを包む香の煙の匂い、
典礼をつかさどる声と交響、
居ならぶ僧たちの荘厳
その動きに見られる粛然たる律動——
彼らの飾りたてた式服——

わたしの心は我が民族の偉大を、
ビザンティンの栄光を、思う。

一八九二年八月にまず書かれ、一九〇一年十二月と一九〇六年五月に書き改められた。印刷はおそらく一九一二年十二月。

カヴァフィスは「教会」を、五感に訴えるその具体的な姿において愛するのであって、それと信仰とは別のものである。

＊1　セラフィム。その姿を描いた聖旗だろう。

＊2　ギリシャ正教のこと。詩人は教会とビザンティン帝国を重ねあわせ、その担い手としてのギリシャ人の栄光に思いをはせる。東ローマ帝国がもっぱらギリシャ人たちの国家であったことを忘れてはならない。

稀有(けう)のこと

一人の老人。衰弱し、曲り、
歳月と濫用ゆえに不具になった肉体。
彼はゆっくりと道を歩いてゆく。
しかし自分の家に着いて、中に入り
ぶざまな老軀(ろうく)を隠すやいなや、彼はまだ
おのれのものである若さに心をむける。

若い人々は彼の詩を朗唱する。
彼らの明るい眼に老人の見るものが映る。
彼らの健康で官能的な精神と、

[38]

ひきしまった形のよい肉体は、
彼の美を感じとっておののく。

一九一一年十二月に書かれ、一九一三年の一月に発表。

官能の詩人でもあったカヴァフィスにとって青春と老年の対立は重要な主題の一つだった。かくて**老人**[2]や**老人の魂**[8]が書かれ、またこの作が書かれた。ここでは詩人であることによって若さを内部に維持し、外部の老醜(ろうしゅう)をいわば中和しうる幸運が扱われる。しかしそれが「稀有のこと」であるのを詩人が知らないわけではない。四十八歳のカヴァフィスは自分の老年をこのようにのぞんだのか。リデルの伝記によればこののぞみはほぼ実現したようである。また彼は老いても壮健であった。

できるかぎり

[39]

のぞむことのすべてをなすのが不可能だとすれば、
少なくともできるかぎりを求めて、
力をつくすべきだ。世間との
つきあいに淫(いん)したり、動いたり喋(しゃべ)ったりで
人生をおとしめてはいけない。

ぐずぐずと人生を引きまわして、
日々の愚行や
人々との社交の場などに
さらしていれば、

人生はただしつこくつきまとう他者と化してしまう。

一九〇五年十月に書かれ、一九一三年十月に刊行。

カヴァフィスには珍しく道徳的な作品。それもはじめの三行などはまるでプロテスタンティズム的な奮励努力の哲学と見えかねないが、作者の本音は後の方、一種超俗的な姿勢の方にある。日常の事や世間との交渉に対して価値を主張されているのは芸術への精進の道だろうか。

最終行は見事な表現。「他者」と訳した語はクセノス、客人であり、外国人であり、他人である。

非売品

それらを彼はきちんと丁寧に
高価な緑色の絹に包んだ。

紅玉で作った薔薇、真珠の百合、
紫水晶の菫(すみれ)。すべて自分の判断と、
嗜好(しこう)と美の感覚によって——自然のままにおくでも、
研究の対象にするでもなく。そして金庫にしまっておく、
これら彼の大胆な技巧の見本である品々を。

[40]

誰か顧客が店へ入ってくれば
彼は別の品を出して見せるだろう——一級の装身具——
首飾りや腕環、そしてまた指環や鎖を。

一九一二年十二月に書かれ、翌年の十月に発表。

原題は「店に所属する品」の意。主人公は腕の良い宝石職人で、一級の装身具を作って売る一方、自分の喜びのために宝石で花を作って秘蔵している。これらの花とカヴァフィスの詩作品は当然重なるだろうし、作品をあまり広く世間に流布させないという姿勢も似ている。宝石に対する嗜好もまた彼の作の随処に現れる。

また発表はしなかったが、カヴァフィスは一九〇三年に「人工の花」という似たような詩を書いている。

わたしは行った

[41]

自分を縛りはしなかった。のぞむままにわたしは行った。
なかばは現実であり、なかばはわたしの
欲望の中に渦巻くものである喜びを求めて、
明るい夜、わたしはでかけて行った。
そして強い葡萄酒を飲んだ、快楽の
戦士たちがみなそうするように。

一九〇五年六月に書かれ、一九一三年十月に刊行。
この頃からカヴァフィスは自分の夜の生活にかかわる作品をおもてに出しはじめる。

同性愛ということが直接扱われるわけではないが、官能と放蕩(ほうとう)の色は濃い。一方で用心ぶかい一面をもっていた詩人がなぜこの種の作を公表することにしたのか、興味を惹くところである。この時期の同傾向の作として**カフェの入口にて**[48]、**彼は誓う**[49]、**一夜**[50]などがある。

文法学者リシアスの墓

[42]

ペリトゥス[*1]の図書館を入ってすぐのところ、
右手の方に文法学者リシアスは埋葬されている。
これは彼にとって最もふさわしい場所。
彼が思い出すであろうもののすぐ近くに
我々は彼を埋めた――註釈、本文、文法解析、
研究、ギリシャ語の慣用語法に関する大著。
そしてまた我々も書物を取りに行く際には
彼の墓を見て尊敬をあらたにできるのだ。

一九一一年二月に書かれ、一九一四年三月に発表。

リシアスは架空の人物。

ぼくは現代のギリシャでこれと同じように作られた墓に参ったことがある。すぐれた考古学者スピリディオン・マリナトゥスがその生涯で最大の発見となったサントリニ島アクロティリのミノア文明の遺跡を発掘中に死んだ時、彼の墓はその遺跡の中に作られた。行った者は発掘の現場でこの学者に対する尊敬をあらたにする筈である。

＊1　現ベイルート。

エウリオノスの墓

すべて閃長石[*1]で見事に作りなされ
無数の菫(すみれ)、無数の百合におおわれた
この墳墓の中に眠るのは
美しいエウリオノス。
彼はアレクサンドリアの人、二十五歳。
父からはマケドニアの旧家の血をひき
母方は歴代の行政長官[*2]を出した家柄。
アリストクレイトスについて哲学をおさめ、
パロスからは修辞学を学んだ。
テーバイでは聖書を研究し、アルシノイトス地方の

[43]

歴史一巻を書いて、少なくともこれは後に残る。
より貴重なものは失われた――彼の姿、
アポローンの幻かと思われたその美しさは。

一九一二年四月に書かれた。発表は一九一四年三月。

カヴァフィスは「……の墓」と題する作品を一九一四年から一八年までの間に五篇発表している。すなわち、**文法学者リシアス**〔42〕、本篇〔43〕、**イアセス**〔67〕、**イグナティオス**〔70〕、**ラネース**〔75〕。

また**キモン**……〔140〕もはじめは「マリコスの墓」という題だったらしい。

老醜（ろうしゅう）を扱う一方でまた若く美しいままに死ぬ場合が書かれるのは当然だろう。この作品や、**サルペードーンの葬儀**〔5〕がそうで、惜しむという形をとる以上それは**欲望**〔16〕の主題とも重なってくる。なお登場する人名はすべて架空。
＊1　シエナイト。エジプトのアスワン近郊でとれる石材。
＊2　アラバルカス。アレクサンドリアのユダヤ人社会の行政官。ヨセフスの『ユダヤ古代誌』（ちくま学芸文庫）を参照。

シャンデリア

四方の壁をすっかり緑の布でおおっただけの
小さなからっぽの部屋の中で、
一つのシャンデリアが煌々(こうこう)と輝いている。
その炎の一つ一つの中で官能の熱病が、
淫蕩(いんとう)な欲望が、燃えている。

シャンデリアの強い光によって
明るく照された小さな部屋の中から
通常の光は外へ洩(も)れない。
快楽の熱は、臆病な

[44]

肉体のために作られてはいない。

一八九五年四月に書かれ、一九一四年六月に発表。すなわち詩人はこの作品を実に十九年間手元にとどめておいて、発表は時期が来たと判断したから行われた。

どこかユイスマンスの『さかしま』を思わせる頽廃(たいはい)的な作風。緑色の部屋とシャンデリアという組合せは禁じられた悦楽の雰囲気を見事に表現する。

重要なのは最後の二行。詩人は官能の面で自分が一般の人々と違うこと、快楽の戦士たち(**わたしは行った**[41])の一人であることをかく表明する。

はるか昔

［45］

わたしはある記憶を語りたい……
だがそれはすっかりうすれて……ほとんど何も残っていない――
それというのもはるか昔、青春の日々のことだから。

ジャスミンで作られたような肌
あれはたしか八月――八月だったか?――夜……
思い出せるのはあの眼だけ、青い眼だった……
そう、サファイアのような青の色濃い眼だった。

一九一四年三月に書かれ、おそらくその年の十二月に発表。
うすれた記憶の中の一点だけが残っていることによって全体の印象が強まる。しかも
その残っている記憶は色であり、あたかもぼんやりとしたモノクロームの画面の一部分
だけがあざやかに彩色されているかのよう。
声[15]などに似ているが、視覚に頼る方が青春の官能性が強調される。

賢者は将（まさ）に起らむとするところを知る ［46］

神々とほき先の世をばみそなはし、人は起りたることどもを見る、しかして賢者は将に起らむとするところを知る。

フィロストラトス[*1]『ティアナのアポロニオス伝』八―七

人間は起りつつあることを知り、神々はすべての完璧な知識の独占者、未来をも知っているのに対し、賢者はこれから起ろうとすることを知覚するのだ。深く研究に没頭している彼らの耳は時おり

乱される。起ろうとしていることの
隠れた物音が近づいてくる。
彼らは敬虔に耳を傾けるが、しかし
外の街路の民衆は何一つ聞かない。

まず一八九六年二月に書かれ、一八九九年十二月に発表されたが、最終的なテクストは一九一五年に印刷。

原題はすぐ後の引用に見るとおり、フィロストラトスの書に依る。原文の三語(*Σοφοὶ δὲ Προσιόντων*)が訳ではずいぶん長くなっているが、これはいたしかたのないところ。ちなみに英訳では八語、仏語でもやはり八語になっている。古典語の密度には近代語は負ける。

神々が未来を知るというのはすなわち予言能力であって、アポローンなどについてよく言われること。

神と人の間におかれることによって賢者はもう一つ前の時代ならば英雄に付与された資質を得る。英雄が胆力や膂力によって人間以上であったのに対して、賢者は知力によってそうなる。なお、ここにいう賢者は真の賢者(ソフォス)であっていわゆるソフィストではない。

＊1　三世紀のはじめセヴェルス帝と皇妃ユリア・ドムナの庇護(ひご)のもとに名をひろめた哲学者。本書はその代表的作品である。

テオドトス

［47］

おまえが真に選ばれし者の一人であるなら、
栄達に際して充分に注意するがよい。
いかにおまえの栄光がめざましく、
イタリアとテッサリア[*1]における偉業が
町々で声高に喧伝（けんでん）されたとて、
いかに名誉ある地位を
ローマの崇拝者どもが献じたとて、
おまえの喜びと勝利は長く続くものではなく、
自分が人に秀でているという思いは――何が秀でている？――消滅しよう、
アレクサンドリアで、テオドトスが

血まみれの盆に載せた
ポンペイウスの生首をもたらすその時に。

おのが人生にあまり自信をもつな。
節制と秩序をこころがけて地面を踏んで歩めば
そのような恐しくも劇的なことは起らぬ、と思うな。
あるいはこの瞬間にもおまえの隣人たちの誰かの
整理のゆきとどいた家に――実体なく、
目に見えざる――テオドトスは
いまわしい生首を運んでいるかもしれないのだ。

書かれたのが一九一一年十月三日以前であることが知られている。発表は一九一五年六月。
テオドトスはプルタルコスの『ポンペイウス伝』および『カエサル伝』に見える。フファルサロスの戦いでカエサルに敗れてエジプトへ逃れたポンペイウスをどう遇するか、政治的に混乱していたエジプトは迷ったが、結局雄弁家テオドトスの主張に従ってだまし討ちで殺してしまう。その首をカエサルのもとに届けたのは前記『カエサル伝』によればテオドトスであり(四八節)、また『ポンペイウス伝』によれば単に「男」である(八〇節)。

この詩におけるカエサルへの呼びかけの手法は三月十五日[25]の場合とまったく同じ。彼が死んだ三月十五日は前四四年、ポンペイウスの死んだ前四八年九月二十八日から四年足らずである。最も強力な対抗者であったポンペイウスの悲惨な最後がカエサルに対する一つの警告であったとカヴァフィスは見ているのか。

これがカエサルの栄達の一つの転機であったとすれば、それをもたらしたのはたしかにテオドトスだ。

＊1　ポンペイウス追撃戦の舞台。『カエサル伝』三三節から四八節を参照。ファルサロスはテッサリアの町。

カフェの入口にて

あたりの人々の言葉を耳にとめて、
わたしはカフェの入口に目をむけた。
そして見た、エロスがその技のかぎりを
尽して作ったような美しい姿態を——
四肢は均整も見事に形造られ、
彫像を思わせ丈高く、
顔は情感豊かに作りなされ、
しかも神の指はその額と、眼と、唇に、
特別な想いを残していた。

[48]

一九一五年おそらく六月以降に印刷された。

詩人の視線の対象たる人物を直接に形容する言葉はない。修飾はすべてその部分にむけられ、そのために形容詞にも性の区別のあるギリシャ語で書かれてなおかつ、この美しい人物は男とも女とも限定されない。カヴァフィスがしばしば用いるトリックである。

エロスは抽象名詞ではなく、その名の神である。

彼は誓う

彼はいつも誓う　より善き暮しを送ると。
しかし夜がやってきて　忠告をささやき
妥協をちらつかせ　約束をほのめかすと、
夜がやってきて　懇願しまた慫慂(しょうよう)し
肉体の力をもって迫ると、彼は負け
運命的な[*1]快楽へと戻ってゆく。

一九〇五年十二月に書かれ、一九一五年のおそらく六月以降に印刷。
はじめの四行は韻律的にはそれぞれが完成した二行ずつからなる。

［49］

わたしは行った「41」がためらわぬ蕩児(とうじ)であるのに対して、こちらは背をむけながらも誘惑される。

＊1　運命によってあらかじめ定められ、避けがたいということ。

一夜

その部屋はいかがわしい料理店の上に
隠れていて、貧しく、俗っぽく、
窓からはうすぎたない細い
路地が見える。下の方から
のぼってくるのは労働者たちが
トランプの勝負に熱中する声。

粗末な安物の寝台の上に
わたしの愛の肉体、わたしの快楽と
陶酔の薔薇色の唇があった——

［50］

その陶酔の薔薇色は歳月を隔てて、
家で一人これを書いている今も!
わたしをまた酔わせる。

一九〇七年七月に書かれ、一九一五年のおそらく六月以降に印刷。

R・リデルの伝記によれば、これはカヴァフィス自身の体験の大変正確な記述である。昼間灌漑(かんがい)局で働いた詩人は夜毎かかる「いかがわしい」料理店の類へ足を運んだらしい。

その一夜の具体的な記憶がずっと後になって詩人を襲う。細部が保存されているだけにこの記憶は心を動かす。

朝の海

ここで立停ろう、しばらくこの自然を見よう。
朝の海と一片の雲もない空の
紺碧(こんぺき)は眩(まぶ)しく、岸辺は黄に、すべて
雄大に美しく輝きわたっている。

ここで立停ろう、眼に映るのは真の自然であって、
(立停った一瞬には本当にそうだった)
常にわたしが見ている幻影、記憶の中にいつもある
悦楽の偶像ではないのだと思ってみよう。

[51]

一九一五年のおそらく六月以降に印刷された。

珍しくカヴァフィスが自然を扱っていると思うと、それが第二聯で見事にひっくりかえされる。彼はいかに美しい自然をも一瞬しか見得ない官能の幻視者である。

描かれたもの

わたしは自分の仕事を愛しており、おろそかにはしない。
しかし今日、創作は遅々としか進まなかった。
天候がわざわいしたのだ。一日の顔は
次第に暗くなり、終日、風と雨が続いた。
ものを語るよりはむしろ見ることをわたしは欲した。
この絵の中にわたしは今見る、
泉のそばに美しい一人の少年が
走り疲れてか、横になっているさまを。
なんと美しい子供、なんと天上的な真昼が
眠っている彼を包むことか。——

[52]

わたしは坐って何時間もながめていた、
芸術の疲れを芸術の中でいやそうと。

一九一四年八月に書かれ、一九一五年のおそらく六月以降に印刷された。
原題をユルスナールは単に「絵画」と訳しているが、ここで意味があるのは描かれた対象であって、完成した絵画そのものではない。オスカー・ワイルドの「官能によって魂をいやし、魂によって官能をいやす」という有名な表現をカヴァフィスは知っていただろうか。

オロフェルネス

[53]

四ドラクマ貨幣に描かれたこの青年、
微笑しているようにも見えるその顔、
ほっそりとして整った顔だち、
これがアリアラテスの子オロフェルネス。

子供の時に彼はカッパドキアにある
父祖の宮殿から追放されて、
イオニアへ送られ、そこで育った。
外国人の間に埋もれて、忘れられた。

イオニアの素晴しい夜から夜へ、
彼はためらいもなく、まるでギリシャ人のように[*1]
快楽のすべてを学んでいった。
心の中では常にアジア人であったが、
そのふるまいも話すこともギリシャ人のそれ、
トルコ石を耳に飾り、ギリシャ式の衣服をまとい、
ジャスミンの香水を香らせた。
彼はイオニアの美青年の中でも
最も美しい理想の若者だった。

後に、シリア人がカッパドキアに入り、
彼を王座につけると、
彼はすっかり王になりきって、
一日一日を新しいやりかたで楽しみ、
黄金と銀を貪欲に集め、

目の前に積みあげられて輝く富を
ただひたすらながめて喜んでいた。
国のこと治世のことなどまったく顧みず
身のまわりで何が起っているのか知りもしなかった。

カッパドキア人は速やかに彼を追い出した。
結局、彼はシリアへ行って、デーメートリオス[*2]の
宮殿でのらくらと遊んで暮した。

しかし、働きもせずに過していたある日、
思いもよらぬ考えがなぜか頭に浮んだ。
アンティオキス[*3]の母を通じて、つまり
昔日のストラトニケーを通じて
彼もまたシリアの王冠につながる者、ほとんど
セレウコス家の一員であることを思い出したのだ。

しばらくの間、彼は快楽と酩酊から遠ざかり、
なかば混乱した頭で、非力にもかかわらず、
陰謀をめぐらしはじめた。
なにかしよう、計画を立てよう。
かくして彼はみじめな失敗に逢着した。

彼の終りは記録に残ったとしても失われてしまった。
あるいは正史は彼を無視して通り過ぎたのかもしれない。
つまり、当然のことながら、かかる些事(さじ)には
目もくれなかったとも考えられる。

四ドラクマ貨幣に描かれたこの顔には
彼の若い魅力のなにがしかが残っている、
一条の光のような彼の詩的な美しさ、
イオニアの官能的な一青年のおもかげ、

彼はアリアラテスの子オロフェルネス。

一九〇四年二月に書かれ、おそらく一九一六年一月に印刷。

時代はアレクサンドロス大王の遺した各地の王朝の平和共存状態が崩れかけ、ローマ帝国の勢力が強まりはじめた前二世紀の前半。主人公オロフェルネスはカッパドキアの王アリアラテス四世の子ということになっている。この頃カッパドキアとシリアは仲が良く、アリアラテス四世の妻はシリアの王アンティオコス三世の娘であり、この二人の王は前一九〇年までは共にローマに対抗し、その年からは親ローマ政策に転じた。オロフェルネスは王位継承権をもってはいたが、当時の複雑な政情のために国外へ出される。後に短期間カッパドキアの王になるのはまったくの僥倖(ぎょうこう)で、しかも彼はその時自分が王の器ではないことを露呈する。彼はすぐに王位からおろされ、母方の縁者にあたるセレウコス朝シリアのデーメートリオスの宮殿で暮すことになり、ここでデーメートリオスに対する陰謀を企てて失敗する。自分の運命にもてあそばれるばかりで遂にそれを征服できなかった青年の名前はポリュビオスやユスティヌスの史書に現れるが、モーリス・バウラの推測によればカヴァフィスは一九〇二年に刊行されたE. Bevan の"House of Seleucus"によって知ったとのこと。同じ時代のこの地域を扱った作品としては**マグネシアの戦い**[54]、**セレウキデスの不興**[56]、**デーメートリオス・ソーテール**(前一六二

〜一五〇)[90]などがある。第一行の四ドラクマの貨幣というのは中途半端な単位のようだが、度量衡の関係で二ドラクマ三ドラクマと共に頻繁に鋳造された。実際にオロフエルネスの顔を描いたものがあったのか否かわからない。

＊1　ギリシャ人が他の民族以上に好色であったかどうかはともかく、そのような揶揄めいた風説は古代社会ではしばしば聞かれた。今日ラテン系の人々が「情熱的」とされるようなもの。ギリシャ式という形容が少年愛を指す場合もあるが、ここでは次の行に明らかなように「すべて」であって、特に何かに限定されるわけではあるまい。

＊2　セレウコス朝シリアの王デーメートリオス・ソーテール。オロフェルネス同様アンティオコス三世の孫にあたる。デーメートリオス・ソーテール(前一六二〜一五〇)[90]を参照。

＊3　オロフェルネスの母。彼女はセレウコス朝の英王アンティオコス三世の娘であり、その母ストラトニケーはまたアンティオコス二世の娘である。血統について言えばたしかにオロフェルネスにもシリアの王になる資格はあった。

マグネシアの戦い

彼にはかつての情熱と勇気はなかった。
ほとんど病んでいるに近い疲れはてた身体だけが
今や彼の関心の対象だった。残りの人生は
気楽に送りたいところだ。フィリポス[*1]は
少なくともそう広言していた。今夜は賽で遊ぼう、
楽しみを求める気持は強かった。卓上には
たくさんの薔薇を置け。アンティオコスが

[54]

マグネシアで敗退したとてそれが何だ。彼の
輝かしい大部隊は潰滅したと伝えられる。
誇張かもしれない。全部が真実ではないだろう。
そう望もう。敵ながら彼と我とは同じ民族だから。
《そう望もう》は一回で充分。その一回も余計か。
無論フィリポスは宴をくりのべたりはしない。
たとえ大きな疲労が人生をとどこおらせたとて、
良いことが一つ最後まで残る、記憶は失せないのだ。
母なるマグネシアが灰燼に帰した時、シリア人が
どれだけ嘆いてくれたか、どんな悲しみを味わったか——

さあ、食事をはじめよう、奴隷よ、管弦よ、照明よ。

一九一三年十一月に書かれ、おそらく一九一六年一月に印刷。

マグネシアの戦いは紀元前一九〇年にセレウコス朝シリアの王アンティオコス三世(大王)が小アジア西部のこの地でローマ軍に敗れた戦い。これによってローマはヘレニズム世界に覇権を確立した。

この戦いで死んだ一兵士のことが**葡萄酒鉢の職人**[103]に出てくる。

＊1　フィリポス五世。アンティゴノス朝のマケドニアでフィリポスを名のる最後の王。彼は前記マグネシアの戦いの七年前、テッサリアのキノスケファラエでローマ軍と戦い、これに敗れている。そしてその時にアンティオコス大王は援軍を送らなかった。ほかの詩の註でも書いたが、アレクサンドロス大王の死後、その帝国はほぼ三つに分割され、それぞれアンティゴノス朝のマケドニアとセレウコス朝のシリア、それにプトレマイオス朝のエジプトになった。もともとはみなマケドニア人であるからフィリポスはアンティオコスのことを「彼と我とは同じ民族」と言う。しかしながらローマという強者を前にした時、もはや彼らは協力をしなかった。この三国の微妙な関係をカヴァフィスはしばしば取りあげている(たとえば**セレウキデスの不興**[56])。この詩ではそれがフィリポスの揺れ動く心理としてとらえられている。およそカヴァフィス

は人にせよ国にせよ勢力の頂点にあるところを描くのを好まない。彼が扱うのは常にその後の凋落期の姿であり、そこではじめて見られる生地こそが詩材となる。

マヌエル・コムネノス

皇帝マヌエル・コムネノスは
九月のある憂鬱な日
死が近いことを感じとった。宮廷の
占星術師(金で傭(やと)われた者ども)は
皇帝がまだ何年も生きると言い張った。
けれどもそれを聞きながら、皇帝はかの
古い宗教の習慣を思い出していた。
そして僧院から教会の衣裳を
取り寄せるようにと命じた。
皇帝は喜んでそれを身につけ

[55]

僧か司祭のようなつつましい姿になった。
信ずる者は幸いである。
そしてまた皇帝マヌエルの如く
つつましい信仰の衣裳を着てみまかる者も。

一九〇五年三月に書かれ、おそらく一九一六年の一月に印刷された。
主人公はビザンティン帝国の皇帝(一一二〇〜一一八〇)。極めて勇猛な戦士王であると同時に快楽の追求者でもあり、戦場における性格と宮廷のそれとは表裏をなすが如くであったという意味のことをギボンは書いている(『ローマ帝国衰亡史』第四八章)。ただしこの死に際しての挿話はギボンにはなく、カヴァフィスの出典はおそらくNicetas Choniates *"Historae, Vie de Manuel Comnène"* であろうとされている。死に際して僧衣をまとうという習慣については未詳。

セレウキデスの不興

デーメートリオス・セレウキデスは機嫌をそこねた。
プトレマイオス家の者がひどくみすぼらしい姿で
イタリアへ入ったと知らされたのだ。
たった三、四人ばかりの奴隷を伴ったのみで
粗末な服に身を包み、徒歩で行ったという。かくて
彼の一族は情なくもローマの笑いものになりはてた。
彼らが根底においてローマのしもべであることを
セレウキデスは無論のこと知っている。そしてまた
ローマ人が心のおもむくままに彼らに王座を与え
また奪いうる立場にあるのだということも

[56]

彼はよくよく承知していた。
しかしながら少なくとも外見上は
超然たる姿勢を保とうではないか、
自分たちが王であることは忘れまい、
人からまだ（あわれ！）王と呼ばれていることは。

これがデーメートリオス・セレウキデスの不興の
理由であった。彼はすぐさまプトレマイオスに
紫の衣裳と輝かしい王冠、
貴重なる宝石類、多くの
侍者や従者、最も高価な馬などを贈り、
アレクサンドリアのギリシャ人元首にふさわしい
威容をローマにおいて示すようにとすすめた。

けれども、もの乞いに行くラギディス[*1]は

おのが任務をよく心得ていたから贈り物を断った。
この際、贅を尽す必要は毛頭ないのだ。
彼は傷んだ服を着てつつましくローマに入り、
ある職人の小さな家に宿を借りた。
それから不運にみまわれ続けた
貧しき者という姿で元老院におもむき、
より効果的に乞うところを訴えたのだった。

一九一〇年二月に書かれ、多分一九一六年一月に印刷。

第一の主人公デーメートリオス・セレウキデス（すなわちセレウコス家のデーメートリオス）は一般に「救い主デーメートリオス」とあだ名されるセレウコス朝シリアの王。この人物は**オロフェルネス**[53]にもちょっと登場し、その人生全体は**デーメートリオス・ソーテール（前一六二～一五〇）**[90]に見事に展開される。**マグネシアの戦い**[54]に扱われた戦闘は彼が生れる三年前に、祖父にあたるアンティオコス三世とローマ軍の間で戦われた。彼が求めるシリア王国の栄光とはこの戦い以前の繁栄のことである。

一方のプトレマイオスはエジプトのプトレマイオス六世。母と共同統治をしたところからフィロメトール(母を愛する者)とあだ名される。彼はやがて弟のプトレマイオス八世エウェルギテスによってアレクサンドリアから追放され、十年がかりの戦いのあげく前一六四年にローマの元老院に自分の正統性を訴えて認められ、王にかえり咲く。この詩が扱うのはこの際の出来事である。過去の栄光をよりどころとしたデーメートリオスの誇り高い理想主義とプトレマイオスの現実的政治性の対比。「彼の一族」というのは彼らがみなアレクサンドロス大王の遠征によってこれらの地を得たマケドニア人だから。なおこの二人は仲が良かったのか、デーメートリオスが前一五〇年に死んだ後、その子デーメートリオス二世とプトレマイオスはシリアを共同統治している。

プトレマイオス家の兄弟の確執については**アレクサンドリアからの使者**[78]を参照。またプトレマイオス・エウェルギテスは**少しは気を配って**[150]を。

＊1　ラグスの裔の意。ラグスはプトレマイオス一世の父で一族の祖。従ってこれはこの王族の別称となる。

よみがえる時

[57]

留めおき得るものがいかに少なかろうと、
それを残すべく努力せよ、詩人よ。
おまえが見たところの愛の姿を。[*1]
なかば隠されたままにせよ詩句に収めよ。
夜でも、昼間の眩（まぶ）しい光の中でも、
それらが頭脳のうちによみがえる時、
それを捕えるべく努力せよ、詩人よ。

一九一三年の七月に書かれ、おそらく一九一六年の十一月以前に印刷された。

詩人を扱った作はカヴァフィスには少なくない（例えば第一段［7］とかあの男だ［22］）が、これは詩法そのものを書いている。

＊1　もとの言葉は英語で言うならば vision にあたり、現実であろうとなかろうと目に見えたものを意味する。愛はエロティスム。しかしこれも現行の英仏語より意味するところが広い。

路上で

[58]

そのわずかに蒼ざめた好ましい顔、
ぼんやりとうつろな栗色の眼、
二十五歳だがむしろ二十歳に見える、
着るものにはどこか芸術家めいたところ
――ネクタイの色とか、襟の形とか――
あてもなく道を歩いてゆく、
許されざる快楽の催眠術から覚めぬままに、
決して許されざる快楽の体験から。

一九一三年七月に書かれ、多分一九一六年の十二月に印刷された。
ここで詩人ははたして客観的な観察者なのか否か。
「許されざる快楽」は直訳すれば「非合法の快楽」である。

エンディミオンの像の前にて

銀の飾り物をつけた四頭の純白の
騾馬(らば)に引かせた白い戦車でわたしは
ミレトスからここラトモス*1へ着いた。
エンディミオンへの聖なる儀式――犠牲と献酒――
のためにアレクサンドリアから紫の三段櫂船で来た――
この像を見よ。今わたしは世に広く知られた
エンディミオンの美を陶然として見つめる。
我が奴隷は籠一杯のジャスミンをここに撒く
縁起のよい歓呼が古代の快楽の眠りを醒ます。

［59］

一八九五年の五月という早い時期に書かれ、一九一六年の十二月に印刷されている。

エンディミオンは神話中の人物。美青年で月の女神セレネが彼に恋をし、ゼウスに頼んで彼を不老不死のまま永遠に眠るようにしてもらって、夜ごと訪れることにしたという。

この詩の「わたし」は架空の存在。アレクサンドリアという地名が出てくるから、時代はおそらくヘレニズム期。

＊1　小アジア、ミレトスから遠くない山の名。エンディミオンとセレネの恋の場で、従って前者の墓が造られた。

オスロエネの町で　[60]

昨日の夜中、酒場の喧嘩で怪我をして
友だちのレモーンがここへ運びこまれた。
一晩中開けはなしておいた窓から射しこむ
月の光が寝台の上の美しい彼の身体を照した。
ここに集う我々は多種多様、シリア人、ギリシャ人、アルメニア人、メディア
　人
レモーンにしてもその一人だ。しかし昨日の夜
月に照された彼の官能的な顔を見ていて、
我々の心はプラトンのカルミデス[*1]へとおもむいた。

一九一六年の八月に書かれ、一九一七年に印刷。

オスロエネはアナトリアの東、メソポタミアの西にあった小さな王国で、ローマに吸収された。なぜカヴァフィスがこの地名を出したのかわからない。レモーンは架空の人物。時代は紀元前一、二世紀。
＊1　プラトンの叔父にあたる。政治的な衝突に際して殺されたが、プラトンはこの名を冠した対話篇の中でその肉体の完璧さをたたえ、そこから善悪を識別する知恵の定義をソクラテスに導かせている。

通過

かつて幼い学童の頃おどおどと想像していた世界が
目の前にあからさまに開かれた。彼はうろつき、夜ふかしをし、
身を投じる。（我らの芸術が）正しいと教えるとおり
彼の血は、若くて熱い血は
快楽を喜ばせた。彼の身体は
不法の情愛の陶酔に征服され、若々しい
四肢もそれに屈服した。
かくして単純な若者が
我々が目を注ぐに価するようになり、詩的宇宙の
至高の点を一瞬通過するまでになった。

［61］

若くて熱い血をもつ官能的な若者が。

一九一四年の一月に書かれ、一九一七年に印刷された。

カヴァフィスの詩法と官能の関係を釈く一篇。この詩人にとって詩的感性（の少なくとも一部）は官能的経験と結びついている。官能の世界を経ることによって「単純な若者」は「詩的宇宙の至高の点」を通過するのだが、**よみがえる時**[57]によれば、それを記述するのはほかならぬ詩人の義務である。あるいは詩人が若い頃「不法」であると思っていた官能がここに至って詩神の浄化を受けたとも考えられる。

六一〇年に二十九歳で死んだアンモネスのために

［62］

ラファエルよ、詩人アンモネスの顕彰[*1]のために
きみに何行かの詩を書いてほしいとみなが望んでいる。
上品で洗練されたものがいい。わたしたちの詩人だった
アンモネスにぴったりふさわしいものを
きみならば書くことができるだろう。

彼の詩のことは勿論(もちろん)言わなくてはならない――
しかし彼自身の美貌のこと、わたしたちが愛した
あの優雅な美しさのことも含めてはくれまいか。

きみのギリシャ語はいつも美しく音楽的だが、
今はきみの伎倆（ぎりょう）をも少し用いてほしい。
わたしたちの悲しみと愛が外国の言葉[*2]に乗る。
きみのエジプト風の感覚を外国語の中に注いでほしい。

ラファエルよ、どうか詩を書いてはくれないか。
わたしたちの人生が込められたような詩を、
そのリズムとフレーズからアレクサンドリア人が
アレクサンドリア人を書いたのだとすぐわかる詩を。

一九一五年九月に書かれた。印刷は一九一七年。
登場する二つの固有名詞はどちらも架空のもの。アンモネスはエジプト人の名（のギリシャ語型）であり、ラファエルの方はヘブライ系の名で、この場合はコプト人を示している。年代が六一〇年と大変具体的に示してあるが、この年そのものに意味があるわけではなく、イスラム教徒による征服(六四二年)に先立つ、衰弱した古代的秩序の最後の日々ということを示唆している。年代や人名を具体的に出すという小説的手法はこの詩人がしばしば用いるところであるが、その信憑性を裏付けているのは詩人ならぬ歴史家としてのカヴァフィスの目、事件ではなく時代の雰囲気を把握する目である。

＊1　墓碑銘だが、ここで用いられた語を直訳すれば「その生涯の名誉」。

＊2　ギリシャ語は、中世以降の西ヨーロッパにおけるラテン語と同じように、文化的な共通語の役割を担う言語であった。

神々の一人

夕闇の迫る頃、セレウキア[*1]の広場を
背が高くて無上に美しい若者の姿で
その眼に不死なる者の喜びをたたえ
芳香を馥郁(ふくいく)と放つ黒い髪して
あの方々のうちの一人が通りぬける時、
それを見た通行人たちは
あの若者を知るかと互に訊ねあい
シリアからのギリシャ人かはた外国人かと
いぶかしむ。しかしもう少し注意深い者は
すぐにそれと覚(さと)って一歩脇へ寄る。

〔63〕

彼が柱廊[*2]の下の暗がりへ、
たそがれどきの光と影の中へ
夜ばかり息づく一角へ、饗宴と
飽食の巷へ、ありとある陶酔と好色へと
消えてゆくのを見送りながら、
あれは数多いうちのいったいどなたなのかと考え、
いかなる類の疑わしい快楽のために
セレウキアの街路へ、壮麗にして聖の聖なる
館から降りてこられたのだろうと夢想する。

一八九九年六月に書かれ、一九一七年に印刷された。
原題の意は「彼らの神々の一人」であろうし、英訳も仏訳もそれを踏襲しているが、「彼ら」をセレウキアの人々とすると、詩人は彼らを「彼ら」と呼ぶほどに心理的に離れた場にいることになる。「彼ら」と「神々」は同格かもしれない。この詩が扱っているのはヘレニズムの時代で、ギリシャの神々は普遍的に各地にひろまっていた。この神

はアポローンでもよいしヘルメスでもかまわない。遊蕩(ゆうとう)もまた神の資質であるか。

＊1　この名を冠する町は少なくないが、最大のものをあげれば前三一二年にセレウコス一世によって建設された「ティグリスのセレウキア」。

＊2　アーケード式の商店街をずっと広々と高雅にしたものを思っていただきたい。ギリシャ語ではストア。現代のアテネの古代アゴラの発掘地に、最も典型的な復元がある。

夕刻

決して長く続くはずはない。それは
何年もの経験が教えるところ。それにしても
運命はずいぶん性急にことを終らせた。
短かくてすばらしい時期だった。
そして、あの香りのなんと強かったこと、
身を横たえたあの最上等の寝台、
わたしたちが肉体をあずけたあの快楽。

その快楽の日々の谺(こだま)のひとつが、
それらの日々の谺のひとつが、今、身近かに戻ってくる。

［64］

若いわたしたちが分けあった火の一部が戻ってくる。
わたしは一通の手紙を手に取って、
あたりが暗くなるまで何度も何度も読みかえす。

そして憂愁の思いと共にバルコニーに出る——
愛する町を目のあたりに見て、
街路と商店の人の動きを見て、
少しでも気分を変えようと部屋を出るのだ。

一九一六年三月に書かれ、一九一七年に印刷された。
カヴァフィスの官能詩篇の一つの型として、この詩のような追憶の中の色恋というのがある。例えば、**戻っておくれ**[36]、**はるか昔**[45]、**一夜**[50]、**灰色**[66]などがそれにあたる。カヴァフィスが生前刊行した作品の中に比較的晩年の作が多いことも事実だが、彼はそれ以上におのれを仮に老人と見なして詩作する場合が少なくない。ひとつには官能は過去のものとして距離をおいた方が詩に乗りやすいということもあったろうし、内容も慎みぶかくなっただろう。同性愛者としてのひけ目とは言わないが、一種のおもんぱかりも働いたかもしれない。しかし彼はまずもって徹底して過去の人、歴史という追憶の形で精神を最も大きくはばたかせることのできる詩人であった。

悦楽

わたしの人生の喜びと香り、望むところの
快楽をみつけておのがものとした時の記憶。
通常の恋が与えてくれる楽しみを
拒んだ上での、わたしの人生の喜びと香り。

［65］

一九一三年九月に書かれた。一九一七年に印刷。
カヴァフィスが公刊した詩の中でこれは最も短かいものである。なお原題の「ヘドネー」という語に対応するやまとことばをぼくはみつけられなかった。仏語訳は volupté, 英語訳は sensual pleasure と二語に割って逃げている。

[66]

灰色

灰白色のオパールを見ているうちに
わたしは灰色の眼を思い出した。
それを見たのは二十年の昔……

……

わたしたちは一か月の間愛しあった。
そして相手は去った。仕事を探して[*1]
スミルナへ行ったらしい。それ以来会っていない。

あの灰色の眼は――もし生きていても――醜(みにく)くなったろう。
美しい顔とて今はもうあるまい。

記憶よ、かつて見た姿を留めておいてくれ。
そう、記憶よ、あの恋から持ちかえれるものを、
なんにせよ、今宵こそ持ちかえってくれ。

一九一七年の二月に書かれ、同じ年の五月に発表された。
これもまた追憶の官能詩篇で、一個のオパールが主人公と過去を結ぶ。恋人の眼の色が宝石になぞらえられるというのは、**はるか昔**[45]における「サファイアのような青の色濃い眼」の場合と同じ。宝石はまた詩人の極めて好むところで、花よりよほど頻繁に登場する。最終行の性急な呼びかけはこの追憶が決して枯れたものでなく、もっとなまなましい情感であることを告げている。

＊1　原文でも恋人の性は明らかではない。ほとんどの場合主語を省略して動詞のみという現代ギリシャ語の習慣を利用した手法。この話もそれを踏襲した。

イアセスの墓

[67]

ここに眠るわたしはイアセス。この大きな町に
美貌をもって広く名を知られた若者。
知恵ある人々は心からわたしを讃え、平凡で
単純な人たちもそうした。どちらもわたしを喜ばせた。

しかしナルキッソスと、ヘルメスと、目されることの多いあまり
わたしは疲れはてて、死んだ。お通りの方よ、*1
あなたがアレクサンドリアの方ならわたしを非難なさらぬよう。
いかな情熱を我々が人生と至高の快楽に注ぐか、あなたはよく御存知のはず。

一九一七年四月に書かれ、同じ年の五月に公刊。

カヴァフィスには、**エウリオノスの墓**[43]の註に記したとおり誰それの墓と題された作がいくつもあり、墓碑銘を扱っている点では**六一〇年に二十九歳で死んだアンモネスのために**[62]や**アティールの月に**[68]もこれに準じる。墓碑銘は過去と現在をつなぎ、かつて生きた個人を最も具体的かつ直接に喚起する。

＊1　シモーニデースの有名な「テルモピュライなるスパルタ人の墓銘に」にも見るとおり、墓碑銘はそこに埋められた者が通る者に語りかけるという形を取る。これは夢幻能の手法に似ていないか。

テルモピュライなるスパルタ人の墓銘に

行く人よ、
ラケダイモンの国びとに
ゆき伝へてよ、

この里に
御身らが　言(こと)のまにまに
われら死にきと。

（呉茂一訳）

アティールの月に

わたしは苦労して　古代の石碑の文字を読む。
《主「な」るイエス・キリスト》次はどうやら《た「ま」しい》
《アティール「の」月に》《レウキオ「ス」は永「眠し」た》
その年齢については《年を享(う)く》とある上の
カッパとズィータの文字が[*1]　彼が夭逝したことを語っている
欠けこぼれた部分には《彼……「アレ」クサンドリアの者》
その後に続く三行は　ひどく傷んでしまっているが
いくつかの単語は拾える――　例えば《我「ら」が涙》、《悲しみ》
その下にもう一度《涙》そして《友「人」たる我「々」の嘆き》
どうやらこのレウキオスは　大層愛されていたようだ。

「68」

アティールの月に　レウキオスは永眠した。

一九一七年三月に書かれた。刊行は同じ年の五月。

カヴァフィスには珍しくタイポグラフィックないたずらのある作品で、墓碑銘に関わる点では最も具体的に石に近い。傷んだ不完全な史料から過去を推測するというのは正に歴史家の仕事である。レウキオスは架空の人物で、この碑銘も実在するわけではない。

アティールは墳墓と性愛を司る(この組合せ!)エジプトの女神で、その月は現行暦の十月から十一月にあたる。
＊1　ギリシャ語では二十七を表す。

見つめすぎて——

[69]

美しいものをわたしは見つめすぎて、
わたしの視野はそれで一杯になった。

身体の線、赤い唇、快楽の四肢。
ギリシャの彫像から取ったかのような、
いつも美しく、また少し乱れて
わずかばかり白い額の上に垂れている髪。
愛の顔を、わたしの中の詩が
望むままに……わたしの若さの夜に、
わたしの夜のふける頃、ひそかに会う時に。

一九一一年十月に書かれ、一九一七年の五月に発表。

これもやはり追憶の一つの形なのであろう。つまり最初の二行は文法的には相当の時間の経過を含んでいて、「かつて美しいものを見つめすぎたために／今もわたしの視野はそれらで一杯である」と訳す方がその意味では適当かもしれない。そして思い出される相手は複数ではなくただ一人である。

イグナティオスの墓

ここにあるはクレオンではない。
アレクサンドリアで(容易には驚かぬ人々の都)
輝かしい何軒もの家と庭園によって、
多くの馬と馬車によって、宝石や
絹の衣裳によって、広く知られたわたしではない。
違う、ここにあるはそのクレオンではない。
二十八年の歳月が失われてしまった。
わたしはイグナティオス、朗唱係、まことに遅れて
智恵に目覚めたる者。それでもわたしは十か月を幸福に、
キリストの静謐(せいひつ)と安泰のうちに、送ることができた。

[70]

一九一六年四月に書かれ、一九一七年に印刷。

キリスト教的節制とギリシャ的放蕩（ほうとう）という二極のあいだで古代人がいかな態度をとったかはカヴァフィスの関心の対象の一つだった。**危険**[32]などもそれを扱っている。ここにある回心の例はそのうちの最も真摯（しんし）なもの。場所もアレクサンドリアとてアナトール・フランスの「舞姫タイース」を思わせる。

なお修道院に入った時に世俗の名を捨てて新しい名をつけるという習慣は広く行われた。

一九〇三年の日々

［71］

二度とみつからなかった——あまりに早くなくしてしまった……
詩的な眼、色の白い
顔……暗くなりかけた路上で……

二度とみつからなかった——わたしにとってはまったくの幸運、
だからあっさり手離してしまった。
後になってからまた求めて苦しんだ。
詩的な眼、色の白い顔、
そしてあの手も二度とはみつからなかった。

一九〇九年三月に書かれ、一九一七年に印刷された。

この「……年の日々」という題の詩をカヴァフィスはほかに**一八九六年の日々**[130]、**一九〇一年の日々**[133]、**一九〇九、一〇、一一年の日々**[142]、**一九〇八年の日々**[153]、と全部で五篇書いている。その他にも年号を冠した題は多く、架空の古代人に名前を付すのと同じように、歴史記述の形態を借りる手法と見られなくもない。ただし彼の官能的生活に関するこれらの詩篇の「年号」は現実とはあまり呼応しない。

煙草屋の飾り窓

明るく照された煙草屋の
飾り窓の近くに立つ何人かのうちに二人はいた。
偶然に二人の視線が合った。
禁じられた肉体の欲望が
おずおずと、ためらいがちに、示された。
そして落着かなく舗道を何歩か進む――
おたがいにほほえみ、うなずきあうまで。

その後は閉じられた馬車の中……
肉体同士の感覚的な接近、

［72］

結ばれた手、合わされた唇。

一九〇七年九月に書かれた。印刷は一九一七年。

古代と異なって近代では道徳は同性愛を排除しようとし、その結果同性愛者たちの世界は透明になって、一般人の目に触れないままに現実世界に重なりあう。この関係は一種文学的である。この詩では煙草屋のショーウィンドーまでは誰の目にも明らかに見えるものであり、ここに描かれた二人もそれぞれ目に見えるはずだが、その先、二人がお互に気付くところからは不可視の領域に入る。

カエサリオーン

[73]

ひとつにはその時代について確かめることがあって、
またひとつには暇を持て余して、
昨日の夜、わたしはプトレマイオス家の
人々に関する記述[*1]に目を通した。
無数の讃辞と追従のゆえに
彼らはみな同じような印象を残した。誰もが
輝かしく、栄光に満ち、権能強く、慈悲に篤かった。
またなすことのすべてが叡知に富んでいた。
この一族の女たちはみなクレオパトラかベレニケ[*2]で、
一人残らず素晴しかった。

確かめることが終ったところで
そのまま本を離れることもできたのだが、
そのとき、カエサリオーン王[*3]について
少しだけ書いてあるところが目についた……

そこへおまえが一種定めがたい魅力を帯びて
立ちあらわれる。[*4]歴史の中でおまえについて
書いてあることはほんの少ししかないから、
わたしは心の中に勝手におまえを思い描いた。
美しく感覚的におまえを思い描いた。
わたしの伎倆(ぎりょう)によっておまえの顔には
夢見るような、訴えかけるような美が宿った。
かく完璧におまえの姿を想像したので、
昨日の夜遅く、ランプが消えた時、

――わたしはわざと消えるにまかせたのだ――
わたしの部屋におまえが入ってきたように思った。
わたしの前に立っているようだった、いかにも
征服されたアレクサンドリアに
色蒼ざめ、疲れて立っている姿、悲しみの中の理想、
まだあの連中の憐憫(れんびん)が期待できないものかと希望を
つないで――下劣漢どもはささやいたのに、《カエサルが多すぎる》[*5]と。

一九一四年九月に書かれた。印刷は一九一八年。
カエサリオーンは有名なクレオパトラ(すなわち七世)の長男で、父はユリウス・カエサルだが、父についてはこれを疑問視する意地の悪い歴史学者もいる。この名は「小さなカエサル」の意で、アレクサンドリアの市民たちがつけたあだ名である。彼はカヴァフィスの詩の中で**ティアナの彫刻家**[27]や**アレクサンドリアの王たち**[35]などに登場している。
＊1　古代の文献の中からプトレマイオス家の面々に関する記述のみをぬき出してまと

めた本か。あるいはプトレマイオス朝の通史のような書物か。型通りの讃辞ばかりというのは前者を思わせる。

＊2　どちらもプトレマイオス家に連綿と伝わる女子の名。

＊3　彼が「王」である事情については**アレクサンドリアの王たち**［35］を参照。

＊4　書斎で読書をしている者のところへ何者かが訪れてくるという詩で人はすぐにE・A・ポーの「大鴉」を思いうかべるだろうし、本邦では日夏耿之介に「青面美童」があるが、どうもこの系列はファウスト経由で錬金術を思いおこさせる。書斎での読書や思案はすなわち詩的な錬金術ではないか。

＊5　アントーニウスがオクタヴィアヌスに敗れた後、インドへ向っていたカエサリオーンは言葉巧みに呼び戻される。オクタヴィアヌスにはじめから彼を殺すつもりがあったわけではなさそうだが、彼の顧問たち(すなわち下劣漢ども)は、『イーリアス』の第二歌二〇四にある「支配者が多すぎるのは宜しくない」を引いて、彼を殺すことを進言した。ちなみにこの時、既にオクタヴィアヌスは称号として「カエサル」を名のっていた。詳しくはプルタルコスの『アントーニウス伝』八一節を見られたい。

肉体よ、思い出せ……

肉体よ、思い出せ、どれほど愛されたかだけでなく、
身を横たえた寝台ばかりでなく、
おまえを見る眼の中で
輝いていたあれらすべての欲望を、
ふるえていた声を――偶然の障害が
彼らの邪魔をしたのだ。
今となってはどれも過去の話、
まるでそれらの欲望にもおまえが
身をまかせたかのようにさえ思えてくる――あの輝き、
思い出せ、おまえを見る眼の中の輝きを、

[74]

おまえを求める声のふるえを、思い出せ、肉体よ。

一九一六年に書かれ、おそらくは一九一八年の一月に公刊された。

かくも開放された官能はやはり常に受け身で常に開かれてあった。つまり彼（無論「彼女」である可能性を詩の語彙と文法は否定していないが）に対して充分に強い——眼の中の輝き、声のふるえ——情熱をいだく者には、偶然の障害に邪魔されないかぎり、彼はいつも身をまかせていたかのようだ。それに相手の情熱を喚起することに喜びを見出すという心理には一種の媚態（びたい）がある。

ラネースの墓

そうやってここへ来て泣こうと、何時間を過そうと
おまえの愛したラネースはこの墓にはいないのだ、マルクスよ
おまえの愛したラネースはもっと身近かにいるではないか。
家の部屋にこもってあの肖像画を見る時のうちに、
彼を価値あらしめた何かをいくらか残している、
おまえがかつて愛したものを残しているあの肖像画に。

思い出すがいい、マルクスよ、地方総督の館から
キレーネ[*1]の有名な画工を連れてきた時のことを。
おまえの友人を一目見た時からあの男は

言葉たくみにおまえたち二人を説いて、どうしても
ヒュアキントス[*2]の姿に描かねばならぬと言ったのだ、
(そうすればその絵の評判もまた広まろうもの)。

しかしおまえのラネースはおのれの美を貸しはしなかった。
語気も強く彼は言ったではないか、
ヒュアキントスでも誰でもなく、アレクサンドリアの
ラメティコスの子ラネースをこそ描け、と。[*3]

一九一六年の十二月に書かれた。印刷はおそらく一九一八年の一月。墓シリーズの一つだが、ここでは墓は詩の出発点に過ぎない。中心となるのは一枚の肖像画であって、その点ではこの作は**描かれたもの**[52]に通ずる。

＊1　北アフリカの都市。この周辺をキレナイカと称した。現リビア。陸地の側では砂漠によって他の文化圏から距(へだ)てられていたため、当然海による交渉がクレタやギリシャとの間に発達した。その意味ではアレクサンドリアと同じような陸に背をむけて海

に面した町である。

＊2　ギリシャ神話。ラケダイモンの美少年で、アポローンと西風の神ゼピュロスが彼を争った。アポローンの投げた円盤が風にあおられ、彼の頭に当って、彼は死んだ（つまり退けられたゼピュロスの報復）。その時流れた血から咲いたのが今ヒアシンスと呼ばれる花。

＊3　これは神話の時代から個人の時代への推移とも考えられる。ラネースはギリシャ系の名だがラメティコスはエジプト名であり、マルクスはローマである。そのような渾沌の時にこそ反抗する個人が出るのかもしれない。

認識

わたしが若かった頃の歳月、悦楽の生活——
その意味が今になると明らかに見える。

今、悔むのはまったく無益な、無用なこと……

しかしあの頃は意味が見えなかったのだ。

若い時の放縦な生活の中で
わたしの詩の衝動が形成され、
その技術の領域の輪郭が描かれた。

［76］

だからこそ悔む気持も束の間だった。
自分を抑えよう、変えようという決意は
せいぜい二週間しかもたなかったものだ。

一九一五年の二月に書かれ、多分一九一八年の一月に公刊された。述懐というカヴァフィスには珍しい内容が先行して、修辞的にも韻律的にもほとんど凝ったところのない詩篇。これを書いた時に詩人は五十二歳にならんとしていた。ここにあるのはほとんど彼の本音であり、それを踏まえた軽い自嘲であろう。詩という技術への奉仕は強力なアポロギアになるはずだが、それをふりまわしておのれを護ろうとは詩人はしていない。

この詩は第二聯の「悔む」と最後の聯の「悔む」のあいだに時間のずれがあり、その時間的立体性がこれをおもしろいものにしている。つまりカヴァフィスは現在の時点での弁明を詩の技術と領域という梯子によって過去へ溯行させ、かつての放蕩(ほうとう)の青年を弁護しつつ、それを自嘲してもいるのだ。

ネロの命数

デルフォイの神託を聞いた時も
ネロはまったく動揺しなかった。
《七十三歳を恐れるべし》
楽しむ暇はまだまだある。
彼は三十歳だ。神のくだされた
命数をもってすれば、将来の
危機に対処する時間も充分。

今、彼は少し疲れて戻ってきた。
だが、この旅の疲れのなんと心地よいこと、

[77]

楽しみばかりの毎日であった——

劇場と庭苑、そして競技場……

アカイア[*1]の町々の夕べ……

また何よりもあれら裸の肉体……

ネロはかくの如し。イスパニアではガルバ[*2]が
秘密裡に軍を集め、教練をしていた。
彼は老人、年齢は七十三歳。

一九一五年の十二月に書かれ、一九一八年五月に印刷。

ネロを主人公とする詩は既に**足音**[21]がある。紀元六七年にネロはギリシャを「解放するために」と称して行幸し、その途中デルフォイに寄って神託を受けた。彼がローマに戻ったのは六八年のはじめのことである。

デルフォイの神託は解釈に余地を残して曖昧なことが多く、その最も有名な例はヘロドトスが『歴史』の巻一に書いているリュディアの王クロイソスの話である。彼はペル

シャに出兵することの首尾をデルフォイに訊ねた。神託は「出兵すれば大帝国を亡ぼすことになろう」というもので、クロイソスはいさんで出撃し、敗退した。後にもう一度訊ねると、大帝国とはすなわち彼自身の国リュディアであるという答が返ってきた。

＊1　今ではペロポネソス半島西北の一地域に過ぎないが、この時代にはギリシャ全体の呼称であった。

＊2　ガルバはローマ帝国のイスパニア総督。軍に請われてネロを倒すためローマに進軍、六八年六月九日にネロが自殺したので皇帝となったが、廉直ながら猜疑心が強くまた吝嗇で、とても皇帝の器ではなかった。六九年の一月十五日に殺された。

アレクサンドリアからの使者 [78]

デルフォイでもこれほど見事な贈物は何世紀も見られなかった。
兄弟で張りあっているプトレマイオス家の二人の王[*1]が
それぞれに送ってよこしたもの。受け取りはしたものの
神官たちは神託について思いまどった。この二人の
一体どちらの不興を買うべきか、またそれをどう遠まわしに
述べるか[*2]、それには彼らの経験のすべてが要求された。
そこで彼らは夜ひそかに会合を開いて
ラギディス一族の家庭内の不和を論じた。

だがそこへ唐突に使者たちが来て別れの挨拶をした。

アレクサンドリアへ戻るのだという。神託については彼らはなにも言わなかった。神官たちは喜んだが、(言うまでもなく贈物は彼らの手に残される)しかしまた彼らはまごつきもしたのだ。この突然の無関心の真意はまったく計りかねた。彼らは知らなかった、昨夜重大な知らせが使者たちに届いたのを、すなわち神託はローマ[*3]で与えられる、決着はそちらでつけられる、と。

一九一五年の六月に書かれ、一九一八年に印刷。
これもまたデルフォイの神託を扱っている。
＊1　二人の王とはプトレマイオス六世フィロメトール(「母を愛する者」)とプトレマイオス八世エウエルギテス(「善行の人」の意だが、広くカケルギテス「悪行の人」のあだ名で知られる)のこと。この二人の十年続いた確執はセレウキデスの不興[56]に扱われている。カケルギテスについてはまた少しは気を配って[150]を参照。
＊2　デルフォイの神託を求める者は身を清めて神域に入り、まず籤(くじ)をもってその資格

があるか否かを問われる。次に神（アポローン）に問うべきことを男の神官に伝える。神官はそれを巫女（みこ）に伝え、巫女は一種の憑依状態となって神託を口走る。それを聞きとって四行の詩の形にととのえるのが神官たちの役割である。従って神官は神託の内容を大幅に左右できたであろうし、つとめて曖昧な形にしたとも考えられる。**ネロの命数[77]**の註を参照。

＊3　ローマの元老院。かくてこの詩の主題はデルフォイの権威の失墜となる。ちなみに正統な王とされたのはプトレマイオス六世フィロメトールの方。

アリストブーロス

宮廷は泣いていた、王は泣いていた、
ヘロデ王は慰める術もないほど嘆いていた、
国全体がアリストブーロスを思って泣いていた。
あんな風に理不尽に、運悪く溺れるとは、
友人たちと水の中で遊んでいて死ぬとは。

その知らせがほかの地域へひろまった時、
そしてシリアにまで伝わった時には、
ギリシャ人の中にさえ嘆く者は少なくないだろう。
詩人も彫刻家も悲しむことだろう。

アリストブーロスのことは聞き知っていたはず、
それでも彼らの想像力からはこの少年ほどに
美しい若者は生れてこないだろう。
アンティオキアは未だこのイスラエルの子に
匹敵するような神の像を持ってはいない。

第一王女は、死んだ子の母、偉大なヘブライ女は、
悲嘆に暮れて泣いていた。
アレクサンドラはこの惨事にただ泣き暮していた――
だが自分一人の時になると彼女の悲しみは一変した。
彼女は、うめき、憤怒に燃え、悪罵(あくば)を並べ、呪った。
よくも妾(わたし)をあざむいてくれた！　よくもだましてくれた！
遂にあいつらは目的を達してしまった！
アスモナエアス家を滅ぼしてしまった。
あの悪辣な王めがよくもそこまでやったもの。

奸智（かんち）にたけたあの腐りきった悪党めが、
よくもぬけぬけとやったもの。その暴虐の計画に
マリアムネさえもまったく気付かなかったとは。
マリアムネが気付いたら、せめて疑惑をいだいたら、
弟を救う方法をなんとかみつけたろうに。
なんといっても彼女は王妃なのだから、なにかできたろうに。
あの悪意に満ちたキプロスとサロメ[*1]が、
あの二人の淫売キプロスとサロメが、
嘆くと見せかけて秘かにどれほど喜んでいることか——
そして、力ない彼女は彼らの嘘を
強いられて信じるふりをしなくてはならない。
民衆のもとへ行くだけの力は彼女にない、
行ってヘブライの民たちにいかにして
殺人が行われたかを声高に告げる力はないのだ。

一九一六年十月に書かれ、一九一八年七月に公刊された。

話の舞台は前一世紀のユダヤである。この時期にユダヤはローマ帝国の傘下に入るが、その中心となってこの国のギリシャ＝ローマ化に力を尽したのがヘロデ大王である。錯綜した人物関係を示せば、ヘロデ大王とその母キプロス、妹のサロメが積極的にローマに接近する政策を進める側であり、ヘロデを王座につけたのがオクタヴィアヌスである以上これは当然。それに対してアレクサンドラは本来のユダヤ王家アスモナエアスの一族の出で、その娘マリアムネはヘロデの妃となり、彼に愛されてはいたが、いうなれば攘夷派に属した。アリストブーロスはそのマリアムネの弟。ヘロデは英明な王であったけれども政治を反映しながら家庭の安寧を維持することはむずかしく、結局アリストブーロスを殺した。前三五年の六年後にはマリアムネをも殺さざるを得なくなる。また統治の終りに近く自分の子供たちも殺している。その際に死なずにすんだ子供の一人アンティパスが聖書に登場するヘロデ王である。ピラトがユダヤに駐在していたのはヘロデ大王の敷いた親ローマ路線の結果であり、この統治の二重構造とユダヤ教会の力とのからみあいは福音書にも読みとれる。

またこの一つ前の世代、アスモナエアス家が主権を握りアレクサンドロス・イアナイオスが王位についた時代を扱ったのが**アレクサンドロス・イアナイオスとアレクサンドラ**[144]である。

＊1　旧約聖書にいうサロメとは別人。

港に

まだ若い、二十八歳のエミスは
香水の商売を習得しようと
テニアの船でこのシリアの港に着いた。
しかし船中で病気になっていた彼は、下船と同時に
みまかった。極く粗末な墓が、ここに
造られた。死の数時間前に彼はかすかな声で
言った、「家族が」とか、「とても老いた両親」とか。
しかし彼の両親が誰かを知る者はいなかったし、
また彼の故郷が広い汎ヘレネス圏のどこかもわからない。
それでよかったのだ。なぜならば

〔80〕

この港にこうして彼のむくろは埋められていても
親たちはずっと彼が生きていると希望をつなげるから。

一九一七年九月に書かれ、一九一八年の七月に発表。

主人公のエミスは架空の人物。

不幸を知らないうちは人は不幸ではないというテーマはどうしても知らぬが仏という皮肉な調子を帯びがちだが、この詩の最終行に皮肉を込めるつもりが詩人にあったか否か。同じことは難破による息子の死を知らずに祈る母親を扱った**祈り**[4]についても言える。

アレクサンドリアの人アイミリアノス・モナエ
紀元六二八～六五五

言葉と外見とふるまいをもとに
立派な鎧(よろい)を作ってやろう、
そうして悪い人間どもと対面しよう、
無力を恐れる必要はなくなるだろう。

奴らはわたしを傷めつけようとする、しかし
わたしに近づく者の誰とて知るまい、
わたしの傷口が、弱いところが、いずこにあるかを。
すべてが虚偽でおおわれているのだから――

［81］

これがアイミリアノス・モナエの高言したところだ。
しかし、彼はこの鎧を本当に作ったのだろうか？
いずれにせよ、長く身につけてはいなかったはず。
二十七歳にして、彼はシケリア[*1]で死んだ。

一九一八年に印刷。

主人公は実在の人物ではない。こう奇妙な処世方針を立てるのはやはり若い人間のすることだろう（ジッドの『法王庁のぬけ穴』のラフカディオを思い出すのは飛躍か）。このいささか被害妄想的な世間に対する姿勢も既に大成した者のそれではあるまい。

なおこの主人公の生涯が六二八年から六五五年に設定されていることは、彼がアレクサンドリア人であると断ってあることと考えあわせて、六四二年のイスラム教徒によるアレクサンドリア占領との関連を示唆するものとも考えられる。この時、主人公は十三歳で、アレクサンドリアに残ったにせよ、どこかへ難民として流れていったにせよ、占領はその精神に影響を残したであろうが、ここに扱われている主題はそれよりもなお内面的な、気の弱い性格だけにかかわることのようにも思われる。

＊1　現シチリア。いずれにしても彼はアレクサンドリアでは死ななかった。

九時以来——

［82］

十二時半だ。時のたつのははやい。
九時にランプに火をともして以来、
ずっとここに坐っていた。坐ったまま何も読まず、
何も話さなかった。この家の中にたった一人、
話そうにも相手はいない。

九時にランプに火をともして以来、
若かった頃のわたしの身体の幻[*1]が、
立ちあらわれ、つきまとい、思い出させた、
香水のかおる閉じた一室を、

過ぎ去った快楽を──なんと大胆な快楽！
それにまた、その幻は持ち帰った、
今では見わけのつかなくなった街路を、
消えてしまった騒がしい繁華街、
かつてそこにあった劇場とコーヒー店を。

若かった頃のわたしの身体の幻は
立ちあらわれ、悲しい思い出を連れ帰った。
家族の悲哀、そして別離、*2
わたしの一族の内にあって
世に認められることなく死んでいった人々の思い。

十二時半だ、時のたつののはやいこと。
十二時半だ、月日のたつののはやいこと。

一九一七年十一月に書かれ、その翌年印刷された。

追憶の形をとる詩篇はカヴァフィスには珍しくないが、このように何に触発されるでもなく、ただじっともの思いにふけるのはあまり例がない。実際にこのような夕べがあって書かれたのだろう。この時、詩人は五十四歳。

＊1　原語はエイドロン。見られるものの意にはじまって偶像にまで至る幅の広い言葉で、心の中のイメージの意にとれば単なる記憶となり、目に見えるなにかとすれば幻となる。「立ちあらわれ」た以上は幻ととっておこう。

＊2　詩人の生家は没落した商家で、彼の家族は相当な辛酸をなめ、離散し、悲哀を味わっている。また世に認められることなく死んでいった者も多い。はたしてこの時期にカヴァフィス自身はおのれの人生を成功したものと見ていたのだろうか。

その家の外

[83]

昨日、町はずれの一郭を歩いていて
一軒の家の前を通りすぎた。
そこは若かった頃に何度も通ったところ。
わたしの肉体をそこで
エロス[*1]の素晴しい力がとりこにした。

そして昨日、
その古い道を通りすぎようとした時、
店々や、歩道や、石や、塀が
そしてバルコニーが、窓が、エロスの

魔力によって急に美しく照りはえた。

醜いものは何一つそこに残っていなかった。

その場に立って門を見ていると、
立ち去りかねてその家の外に立っていると、
わたしの全存在は身の内にしまってあった
快楽の感動に輝きわたった。

一九一七年七月に書かれた。印刷は多分一九一九年の一月。

触発型の追憶の例だが、ここに描かれた現象は追憶よりはもっとダイナミックな目くるめくものである。

官能はそれ自体で独立していて、いわば外からいきなり人を襲う(サルトルが『自由への道』で書いた赤いウサギ)。過去が単に追憶であるが故に美化されるのではなく、官能が一切を輝かしめる。快楽には記憶はなく、現在形のままで「しまって」おかれ、なにかに触発されていきなりよみがえる。

＊1　恋愛と色情と性欲が分離する以前、つまりキリスト教以前、フロイト以前の幸福な時代に用いられた言葉。

隣のテーブル

［84］

見たところはやっと二十歳くらい。
だがわたしはちょうどそれだけの歳月の昔に
その同じ身体を楽しんだおぼえがある。

これは恋の熱では全然ない。
わたしがこのカジノに来たのはつい先ほどのこと、
たくさん飲むほど時間はたっていない。
その身体をわたしは楽しんだおぼえがある。

それがどこだったか思い出さなければ――この記憶の欠落に意味はない。

今、ほら、隣のテーブルに坐（すわ）っている、
その身のこなしをわたしは知っている――衣服の下の
愛（いと）しい裸の四肢がまたこの目に見えるのだ。

一九一八年一月に書かれ、一九一九年の一月に印刷されたらしい。

二十年の歳月をへだてて昔日の恋人と同じ「身体」に出会う。主人公にはそれが同じであるという確信があり、衣服の下までが歴然と目に映じる。

しかしこれは既視感ではなく、肉体の型の分類の問題に属するのではないだろうか。論理の記憶とは異なって官能の記憶には脈絡がない。闇の中の一部分だけ急に光があたるようなもの。何が光をあてるかもさだかでないが、それがこの場合には恋人とまったく同じ型、同じ質の肉体なのだ。

相手の性別は例によって不確定。

午後の太陽

この部屋のことならわたしはよく知っている。
今はこの部屋もその隣も人に貸され
事務所として使われている。家全体が
仲買人や商人や会社の事務所になってしまった。

この部屋のなんとなつかしいこと。

扉のすぐ近くには長椅子があった。
その前にトルコ絨毯(じゅうたん)が敷いてあり、
すぐそばに二個の黄色い花瓶をおいた棚。

[85]

右手に、いや、逆だ、鏡のついた洋服箪笥。
真中に机があってそこでわたしの恋人はよくものを書いた。
大きな籐細工の椅子が三脚。
窓のわきに置いた寝台で
わたしたちは何度となく愛しあった。

これら哀れな品々はどこかこのあたりにまだあるはずだが。

窓のわきに置いた寝台、
午後の太陽はいつもその半分を照した。

……午後の四時[*1]、わたしたちは別れた
ほんの一週間のつもりで……それなのに
その一週間が永遠になってしまった。

一九一八年十一月に書かれ、翌年印刷された。

この追憶のきっかけはかつて恋人と共にしばしば過した部屋をずっと後になって訪れるという行為である。部屋はすっかり変ってしまったが、主人公はその細部までよくおぼえている。恋の場にあった家具や道具の追憶はそのまま恋の記憶と結びついている。
＊1　地中海圏に見られるシエスタ(午睡)という習慣を考えれば、これは少し早目に午睡から覚めた時間である。恋人たちが密室で会うのが午睡の時ということも珍しくない。ちなみに天文学的には午後とは正午以降の意であるが、ギリシャでは一般にシエスタのあと、つまり四時ないし五時をさす場合が多い。ここにいう「午後の太陽」も四時の日ざしである。夏ならばまだまだ暑い時刻で、街路には人通りはない。
　この詩の終りかた、恋人たちの別れかたは灰色[66]の場合に似ている。

　またこの詩でも主語を省いて「書く ἔγραφε」という動詞だけを用いることで恋人の性別を隠している。英訳と仏訳はあきらめて「彼」としているが、この訳ではなんとか逃げてみた。

居を定める

夜中の一時にはなっていた、
あるいは一時半にも。

安酒場の一隅。
木製のついたてのかげ、
わたしたち二人のほかに店には誰もいなかった。
石油ランプが一つだけともっていた。
扉のところで夜勤の給仕が眠っていた。

わたしたちを見る者はいなかった。もっとも

〔86〕

二人ともすっかり夢中になっていて、
あたりに注意を払う余裕などなかったけれど。
衣服はなかば開いていた——暑い素晴しい七月のこと
少ししか着ていなかった。

なかば開いた衣服の
中にある肉体の喜び。
速やかに裸にされた肉体——その光景が
二十六年の歳月をへだてて
この詩の中に居を定める。

一九一八年三月に書かれ、翌年の七月に印刷。
この追憶にはきっかけはない。二十六年前の一夜の情景が、それ自身のもつ強烈な忘れがたい印象のゆえに、ずっと消えずに残り、この詩の中に定着される。あるものが詩にうたわれ、そのうたわれた事情がまた詩句の中で語られるというこの詩の最後の二行の型は例えばシェイクスピアのソネット一八番にも見られる――「人間が地上にあって盲にならない間／この数行は読まれて、君に生命を与える」(吉田健一訳)。

ヘブライの民の(紀元五〇年)

画家にして詩人、競走と円盤投げの選手、
エンディミオン[*1]のような美貌、イアントス・アントニウーは
教会堂[*2]とも縁の深い一族の出身。

《わたしにとって最も名誉ある日々、それは
官能の美を追いもとめるのをやめ、
美しくも厳格なるヘレニズムを放棄して、
完璧な形なす白い失せやすい四肢への
優先的な献身を一切やめる日。
そうありたいと常々願ってきたような自分に

[87]

戻るその日、聖なるヘブライの民の息子に戻る日》
まことに熱烈なる彼の宣言。《永遠にとどまらん
ヘブライの、聖なるヘブライの民の――》

しかし彼は全然とどまりはしなかった。
アレクサンドリアの快楽主義と技術の
忠実な息子で彼はあったのだ。

一九一二年十月に書かれ、一九一九年七月に印刷。

ここに登場するアントーニウスの息子イアントスなる人物は架空のユダヤ人。ただし、イアントスはギリシャ名であり、アントニウーという父称はローマ風である。

勇ましい宣言にもかかわらずそれが全然実現しなかったところは**アレクサンドリアの人アイミリアノス・モナエ　紀元六二八～六五五**[81]を思わせる。しかもこちらは要するに誘惑にあっさり負けたのだ。誘惑と抵抗の問題はしばしばカヴァフィスの作品にあ

られるが、このような諧謔味を含む詩は珍しい。

紀元五〇年という年号はクラウディウス帝の治世にアレクサンドリアで起った反ユダヤ暴動のすぐ後を示している。きっかけはユダヤ人にある程度の特権が付与されたことだったが、その内容は例えばギリシャ人の享受していたそれには及ばなかった。騒動の後この若者は民族主義に目覚めたが、またすぐ快楽に屈服したというわけである。

＊1　**エンディミオンの像の前にて**[59]の註を参照。

＊2　シナゴーグ。ユダヤ教の教会である。

イメノス

《……不健康な衰弱的な快楽が
もっともっと求められるべきだ。
その快楽が欲するものを感じとれる肉体は少ない——
不健康で衰弱的な方法によってのみ得られる
健全とは無縁なエロスの強度がある……》

これは若いイメノス(執政官の家の出)の
書簡からの抜粋。
ミカエル三世[*1]の放縦な時代にあってしかも
彼の名は放縦のゆえにシュラクサに知れわたっていた。

一九一五年十月に書かれたが、その時にはこの官能の主張を歴史の中に位置づける第二聯はなかった。一九一九年二月に現行の形に完成され、同年印刷。

とすれば、第一聯は詩人その人の考えで、それをイメノスという架空の人物に託して、最もそれにふさわしい時代の背景の前に置いたということになろうか。この詩的技術による主張の緩和は興味ぶかい。これは二十世紀初頭より九世紀の方に似つかわしい官能主義なのだ。

＊1　東ローマ皇帝。たいした人物ではなく、「酩酊者」とあだ名された。在位八四二～八六七。

船の上で

もちろんこれも彼に似ている、
この鉛筆で描いた小さな肖像も。

船の甲板の上で素早く描きあげた、
魅惑的なある午後のこと。わたしたちの
周囲にはイオニア海[*1]がひろがっていた。

似ている。けれども記憶にある彼はもっと美しい。
病的と見えるまで繊細で、
それが彼の表情をエロティックなものにした。

[89]

今わたしの魂が、時の奥から、呼びおこす
その姿はこれよりずっと美しい。

時の奥。これらはみなはるか昔のことだ——
このスケッチも、船も、あの午後も。

一九一九年十月に書かれ、同年十二月に印刷。

なにか具体的なものに喚起される過去の官能の記憶という型。

肖像画はカヴァフィスの詩においてなかなか重要な役割をはたす。**描かれたもの**[52]があるし、本篇と同じようにポートレートを中心に据えた**素人画家である同い年の友人によって描かれた二十三歳の若者の肖像**[137]がある。それに**オロフェルネス**[53]という歴史にかかわる詩も四ドラクマの貨幣に鋳られた主人公の顔からはじまっている。写真術以前の時代に肖像画は恋の小道具としてずいぶん大事な役をしていたのだろう。

＊1　*Ιόνιος Κόλπος* ペロポネソス半島とイタリア南部ならびにシシリー島の間の海。神話のイオがここを泳いで渡ったことに由来する命名。小アジア西岸を指す**イオニア風**[29]の地名とは異なるので注意。こちらは *Ιωνία* と綴る。

デーメートリオス・ソーテール（前一六二～一五〇）　[90]

彼の希望はすべて無に帰した！

彼は偉業をもって名声をあげ、
マグネシアの戦いからこのかた祖国を押えこんでいる
屈辱を終らせんものと夢想していた。
再びシリアを強力な国にしよう、
陸軍によって、艦隊によって、
大きな城砦（じょうさい）によって、富によって。

ローマでは彼は苦しみ、いらだっていた。

友人たちの話しぶりの中に、
有力な家系の出身の高貴な
そして洗練されたものごしの
若者たちがほかならぬ彼に、
セレウコス・フィロパトール王の息子たる彼に、
話しかける口調の内に常にあるギリシャ系の王朝への
秘かな軽侮の念に彼は気付いていた。
凋落した王朝、重大なことは何一つできぬ、
民衆を支配する力などまったくない王たち。
彼は仲間から離れ、憤り、心中に言った、
彼らの思うところはまるで的はずれだ、と。
見るがいい、自分には決意がある、
行動し、戦い、国を立てなおすのだ。

東方へ戻る手段さえみつかればそれで充分

なんとかイタリアから脱出する手段さえあれば――
そうすれば彼の魂の中にあるこの力と
この情熱のすべてを民衆に
伝えてやれるのだが。

ああ、シリアへ行きさえすれば！
彼はあまり幼くして国を離れたので
国のさまはおぼろげにしか憶えていない。
けれども彼の思いの中では祖国はいつも
神聖にして、畏敬の念をもって近づくところ、
とりわけて美しい場所、ギリシャの町と
ギリシャの港の光景のように、映っていた――[*1]

そして今は？
今は失望と悲嘆。

ローマの連中は結局正しかった。
マケドニア人による占領[*2]から生れた
王朝はもうどうしようもなかった。

それはさておき、彼はよく努力した、
能力のかぎり戦ったのだ。
暗い落胆の中にあっても、
少なくとも一つ彼が誇れることがある、
すなわち、失敗したとはいえ
彼はおのれの不屈の勇気を世界に示したのだ。

それ以外は――あとはみな夢と徒労。
シリアは――彼の祖国とはほとんど思えない、
ヘラクレイデスやバラスに属する地なのだ。

●奥付●

江戸時代からある日本独自の書誌情報ページ

書物の終わりにつける，著者・著作権者・発行者・印刷者の氏名，発行年月日，定価などを記載した部分です．江戸時代に出版取締りのため法制化，明治には出版法により検印とともに義務付けられましたが，戦後同法の廃止により，現在は慣行として継承されています．

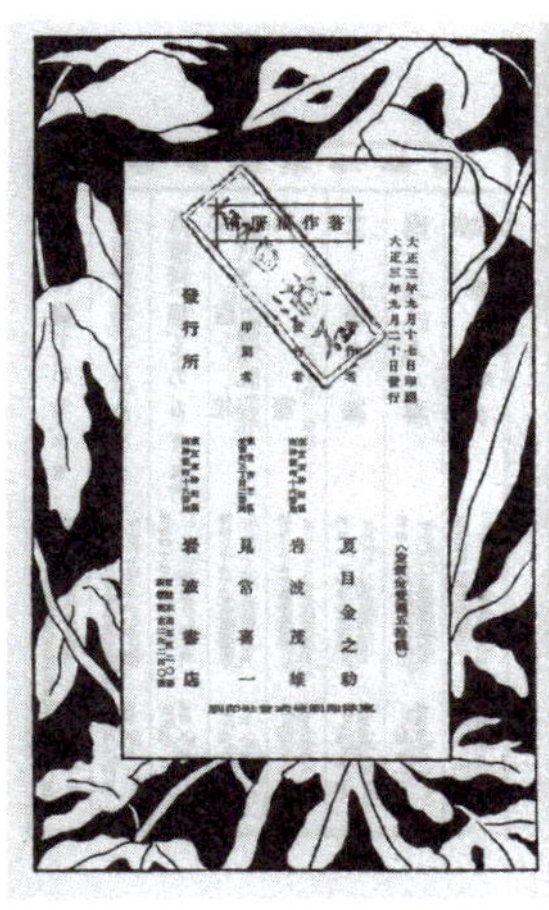
大正三年九月十七日印刷
大正三年九月二十日發行

著作權所有

著作者　夏目金之助
發行者　岩波茂雄
印刷者　見常喜一
發行所　岩波書店

夏目漱石『こゝろ』（1914年（大正3）9/20刊）の奥付．
検印，模様とも漱石が自分で描いたもの．

一九一五年三月に書かれ、一九一九年九月に印刷された。

セレウコス朝のシリアが次第に弱体化してローマの傘下に入ってゆく過程はカヴァフィスの歴史的関心の的の一つである。この詩の主人公を中心に記してみれば、彼（ソーテールは「救う者」の意）はセレウコス四世の息子で、祖父は前一九〇年にマグネシアの戦いでローマに敗れたアンティオコス三世（**マグネシアの戦い**［54］および**葡萄酒鉢の職人**［103］を参照）。彼が一種の人質としてローマにいる間にシリアの王位は伯父のアンティオコス四世と従兄の同じく五世によって継承された（**セレウキデスの不興**［56］）。アンティオコス四世についてはまた**アンティオコス・エピファネスにむかって**［105］があり、**アンティオキアのテメトス　紀元四〇〇年**［116］がある。前一六二年にデーメートリオス・ソーテールはローマを脱出し、シリアに戻って王座に就き、国民を指導しはじめた。そして将軍ティマルクスの反乱を撃破し、パレスティナのユダヤ人たちの蜂起を鎮圧した。しかし彼が英邁な王としての能力を発揮するにつれて、シリアの周囲の国々の王ならびにローマは彼に警戒の念をいだきはじめた。一六〇年にローマの元老院は彼の王位を追認したが、彼の周辺には不安の材料が多く（たとえば庇護していたオロフェルネスによるクーデタ未遂。**オロフェルネス**［53］）、彼は次第に覇気を失って酒に溺れるようになった。最後には、前一五〇年、バビロンの前サトラップで彼に追放されたヘラクレイデスやペルガモのアッタロス二世、またエジプトのプトレマイオス六世（**セレウキデスの不興**［56］および**アレクサンドリアからの使者**［78］を参照）等に買収された王位僭称者アレクサンドロス・バラスとの戦いに敗れ、殺された。

トロイ人[17]や**サトラップ領**[24]にも共通して言えることだが、カヴァフィスは一つのもくろみが結局は失敗に帰した場合をくりかえし扱っている。本質的なところで敗者への共感のようなものがある。

＊1　主人公がこの時期まだローマにいたことを忘れてはならない。ここではローマとギリシャが比較された上で後者があこがれを通して選びとられている。前二世紀の段階では建築をはじめ文化一般においてギリシャはまさっていた。征服されたギリシャが文化的にはローマを征服したという言葉もあった。

＊2　彼等はみなアレクサンドロス大王の将軍たちの子孫であり、人種的にはマケドニア人であってシリア人ではない。

まことみまかられしや

《どこへこもられ、どこへ消えられたのか、賢者は？
あれら数を知らぬあまたの奇蹟と、
その教えがもたらした評判によって
いくつもの国々に名が知れわたった後、
突然に身を隠されたが、そこで何が起ったのか、
正確に知る者は誰一人いない
(また彼の墳墓を見た者もないのだ)。
エフェソスでみまかられたと言う者がいるが
ダミスはそんなことは書いていない。ダミスは
アポロニオス様の死については何も書かなかった。

〔91〕

また別の者はリンドスで姿を消されたと言っている。
あるいはクレタで昇天されたという
あの話こそが真実なのかもしれない、
いにしえのディクティナ[*1]の聖域で——
しかし他方ティアナである若い学生の前に
超自然的に出現されたという
驚くべき話も伝わっているのだ——
あるいはまだ戻って人々の前に
姿を現される機が熟していないのかもしれない。
さもなくば、ひょっとして、我々の間に
それと知られず立ちまじっておられるやもしれぬ——
しかし、師はいずれはかつての姿で戻ってこられ
正しきを教え、我らが神々への崇拝と、優雅な
ギリシャ風の典礼を再興されるであろう》

フィロストラトスの著述にかかる
「ティアナのアポロニオス伝」を読んだ後、
みすぼらしい家の中でこう夢想したのは
数少ない異教徒の一人、
残ったほんの少数のうち一人。しかも(この地味な
気の弱い男)、公式にはキリスト教徒で
教会にもきちんと通うのだ。
ユスティヌス帝[*2]の信仰篤い統治が
その極に達し、アレクサンドリアという
神の都がみじめな偶像崇拝者を
忌み嫌っていた時代のことである。

一八九七年十月に第一稿が書かれ、一九一〇年七月および一九二〇年三月に書きなおされた。すぐその月に印刷されたが、都合二十三年かかったわけである。

表題は、本文の中にも現れるが、フィロストラトスによる『ティアナのアポロニオス伝』からの引用。カヴァフィスはこの書物が気に入っていたのか**賢者は将に起らむとするところを知る**[46]にも引いているし、**ロードス島におけるティアナのアポロニオス**[121]でも下敷きにしている。

アポロニオスは紀元前四年にカッパドキアのティアナで生れたとされる新ピタゴラス派の賢者。ギリシャ哲学を学んだ後、厳格な禁欲によって奇蹟の能力を得、広く放浪して(インドまでも行ったという)、世に知られた。晩年はエフェソスで過したらしいが、ここに書かれたとおりロードス島のリンドスにあるアテナの神殿で「消滅」したとか、クレタ島のディクティナの神域で消えたとか、さまざまの説が行われた。彼の伝記としては前記のフィロストラトスのものが唯一だが、これはアポロニオスの弟子だったダミスの回想にもとづくものとされている。

本篇にもあるとおり、奇蹟をおこす能力や再生が待たれた点など、ティアナのアポロニオスにはイエス・キリストと共通する面が多い。これは偶然ではなく、キリスト教の隆盛に対して意識的にアポロニオスを立てた人々がいたからで、彼の伝記は反福音書として読まれた。この詩がユスティヌスの時代に設定されているのは重要な伏線である。

＊1　ミノア系神話の女神ブリトマルテスの別称。アファイアと呼ばれることもあり、時にはアルテミスと同一視される。

＊2　一世。東ローマの皇帝。在位は紀元五一八〜五二七。彼の甥がユスティニアヌスである。

シドンの若者たち(紀元四〇〇年)

座興のために呼ばれた俳優は
秀れたエピグラムをいくつか朗唱した。

庭にむかって開かれた大広間に、
かそけき花々の芳香と
香水をつけたシドンの若者たちの
その匂いとが混りあった。

メレアグロス、クリナゴラス、リアノス*1を読んだ後
俳優がこう朗唱すると、

[92]

《ここに眠るはアテネの人エウフォリオンの子アイスキュロス》
（《名高き武勲》とか《マラトンの木立》のところでは
必要以上に声を高めたものだ）、
文学に熱をあげている一人の元気な若者が
さっと立ちあがって大声で言った、

《その四行詩はぼくは好きではない。
その表現にはどこか気のぬけたところがある。
あえて言えば、自分の仕事に力のすべてを投入し
関心をすべて集中すべきなのだ。そして苦しい時にも
非力に思われる時にも、仕事を忘れてはいけない。
それをぼくはあなたに期待し、要求したく思う。
あなたの心からあれらの悲劇を、見事な言葉を――
「アガメムノーン」を、素晴しい「プロメテウス」を、
「オレステス」を、「カッサンドラ」の描写を、

「テーバイにむかう七人」を、抹消してほしくはない――
そして自分の碑銘の中に、おのれを一兵卒として
ダティスとアルタフェルニスをむこうにまわして[*2]
戦ったうち一人としてのみとは、記してほしくないのだ》

一九二〇年七月に書かれ、印刷された。

シドンはフェニキアにあったギリシャ系の富裕な町で**シドンの劇場**[110]にも扱われる。また紀元四〇〇年という年は**アンティオキアのテメトス　紀元四〇〇年**[116]と共通する。

主題は三大悲劇作家の一人であるアイスキュロスが自分のために書いておいたとされる墓碑銘である。訳出してみれば「小麦たわわなゲラの地にあるこの墓に眠るはアテネの人エウフォリオンの子アイスキュロス。しかしながら彼の名高き武勲については栄光あふれるマラトンの木立と髪長きメディア人[＝ペルシャ人]がよく語り得よう」。つまりアイスキュロスは自分が悲劇を書いたことには触れず、ペルシャ戦争に従軍してマラトンで一兵卒として戦ったことのみを誇ったわけである。それに異議をとなえたのがこのシドンの若者で、彼は八百年以上昔の詩人にむかって堂々と思うところを述べる。文学至上主義というほどのことではないが、あれらの傑作が無視されるのはやはりおかし

な話で、たしかにこの墓碑銘は妙に力んでいるわりに気がぬけている(カヴァフィスは直訳すれば「魂のない」という表現を用いている)。文学の価値を問題にする作としてはほかに**第一段「7」**がある。

＊1　ヘレニズム期の小詩人たち。

＊2　どちらもペルシャの遠征軍の指揮官。

[93]

翳が訪れる――

一本の蠟燭で充分。　ほのかな光こそ
よほどふさわしい、　ずっと好ましい、
愛が翳となって、　訪れる時には。

一本の蠟燭で充分。　今宵この部屋に
明りは多くいらない。　夢想のさなか
想いえがくところ、　ほんの少しの光――
この夢想のさなか、　幻のうちに
愛が翳となって、　見える時には。

一九二〇年八月に印刷された。

カヴァフィスは韻律の技術にも自信をもっており、しばしば手の込んだ実験をした。この詩は(訳では単に形を真似ただけだが)各行がそれぞれ二つの部分に分れ、それぞれが脚韻を踏んでいる。生前の詩人を知っていた人々の話によれば、彼は大変に良い声をしていて、朗読もきわめて上手だったという。

ダレイオス

詩人フェルナジスが、執筆中の叙事詩の
ある重要な部分に心を砕いている。
ヒスタスピスの子なるダレイオスが
いかにペルシャ帝国を継承したか。（彼こそは
我らが栄光満てる王、エウパトールこと
ミトリダテス・ディオニュソスの祖）[*1]だが、
これは哲学を要する問題だ。ダレイオスが
抱いたに違いない感情を分析せねばならぬ。
おそらくは慢心、そして陶酔――いや、むしろ
偉大なるものの空しさを見てとったのではないか。

[94]

詩人はこの問題を深く深く考える。

しかしこの時、一人の召使が駈けこんできて
重大な知らせを告げ、詩人の沈思を中断する。
ローマ人との戦争がはじまった。[*2]
我が軍の大半は既に国境を越えた、と。

詩人は呆然とした。なんたる災厄！
今となっては我らが栄光満てる王、
エウパトールことミトリダテス・ディオニュソスは
ギリシャ語の詩などには一顧もくれまい。
戦争のさなかに――考えてもみろ、ギリシャ語の詩とは。

フェルナジスはあせりはじめる。運の悪さよ！
《ダレイオス》によって詩人としての

名声を確立し、ねたみぶかい批評家どもを
遂に黙らせんとした、その矢先なのだ。
計画の遅滞は避けられない。

単に遅滞であるならまだ結構。
だが、このアミソス[*3]の地は、確かに
安全なのか。町の城壁は万全とは言えない。
ローマ人は敵にまわして最も恐しい相手だ。
我々カッパドキア人は彼らと
戦えるのか？　本当にそんなことになるのか？
我々がかの軍団に対抗できるのか？
偉大なる神々よ、アジアの守り手よ、助けたまえ――

さりながら、この衝撃と困惑の中で、
詩に関わる思いはそれでも去来する――

慢心と陶酔、それだったに違いない。

ダレイオスが感じたのは慢心と陶酔だったのだ。


一九一七年五月に書かれ、一九二〇年の十月に印刷。

政治のみにかかわった偉大な君主の心を詩人が推量する。彼はこれが哲学を要する問題だと考えている。

ダレイオスあるいはダリウス一世は古代ペルシャ帝国アケメネス朝中興の英傑で、ギリシャ側から見るならば第一次ペルシャ戦争でギリシャに攻めこみ、マラトンの戦いで敗北を喫した(テルモピュライ[12])。彼の統治は前五二二年から四八六年。彼の王位継承は決して穏当なものでなく、少なからぬ疑惑に包まれている(ヘロドトス『歴史』第三巻)。だからこそ首尾よく王となった時の心情が問題となるのだ。

詩人フェルナジスは、これはペルシャ系の名前だが、架空の人物で、彼が書いている詩も実在したものではない。

*1　ミトリダテス六世。エウパトールは「良き父」の意。彼の在位は前一二〇年から六三年までであり、ダレイオスから約四百年後の、ローマ帝国がいよいよ勢力をのばして、黒海南岸やパレスティナがその版図に組みこまれた時代である。彼は連戦のあげく前六六年ポンペイウスによって決定的に敗られた(プルタルコス『英雄伝』ポン

ペイウス・第三二節)。これに先だってキケロは彼のことを、アレクサンドロス大王に次ぐ偉大な君主で、ローマの軍隊にとっては当代で最も恐るべき敵であるとしている。敗北の後、彼は息子のファルナキスによって王座から追われ、遂に自殺にまで追いつめられた。「良き父」は良き息子を持たなかった。

＊2　カヴァフィスが考えているのはおそらく前七四年の戦役だろう。

＊3　黒海の南岸にある戦略的にも商業的にも重要な町、現トルコのサムスン。この町は結局前七一年にローマ軍に降(くだ)った。詩人の心配にもかかわらず、まだ三年ほどは持ちこたえたわけだ。

アンナ・コムネナ

アンナ・コムネナは『アレクシアード』の
序文の中で、寡婦のつらさを嘆いている。

彼女の魂は惑乱そのもの。「そして、
泪の川に」と彼女は告げる、「我が目は
浸される……」人生の「波濤よ、
運命の変転よ」悲しみは魂を
「骨まで、髄まで、砕けるまで」焼きつくす。

しかし、真相を言えば、この権力欲の強い女性は

〔95〕

一つしか重要な悲しみを知らぬように思われる。
(自分では認めなくとも)この高慢なギリシャ女は
ただ一つの焼けつく苦しみしか知らなかった。
すなわち、狡知(こうち)の限りをつくして
帝位を手中に収めんとしたのに、あと僅(わず)かのところで
厚顔なイオアニスに取りかえされてしまったこと。

一九一七年八月に書かれ、一九二〇年十二月に印刷。

アンナ・コムネナは東ローマ帝アレクシオス一世の長女。この皇帝の在位は紀元一〇八一年から一一一八年までである。彼女は弟のイオアネス二世を帝位からしりぞけ、夫ニキフォロス・ヴリエニオスを皇帝にせんと画策したが、一一三七年に夫が亡くなったために、この陰謀は水泡に帰した。

彼女は尼僧院に入って、父アレクシオスの伝記を書いたが、それが『アレクシアード』で、第二聯の引用はすべてそこから取られている。ギボンは彼女について「紫衣の位に在りながら修辞学や哲学などの造詣が深かった」と書いている(『ローマ帝国衰亡史』第五三章)。

なお、アレクシオス一世の母アンナ・ダラシニについてはアンナ・ダラシニ[129]を参照。また亡命したビザンティンの一貴紳が詩を作る[96]も関りがある。

亡命したビザンティンの一貴紳が詩を作る　[96]

軽佻(けいちょう)なる者はわたしを軽佻と呼ぶがいい。
重大な事柄に関しては、わたしは常に
限りなく真剣であった。あえて言うが、
教皇と聖書と公会議の定めた教会法について
わたしより詳しい者は他にいない。
疑念が生じた時、ボタネイアテスは常に、
教会になにか問題が生じた時は常に、
誰よりもまず第一にわたしに相談したものだ。
しかしこの地に亡命して[*1](邪悪きわまる
エイレネ・ドゥカイナに呪いを)退屈の

極みにあると、六行か八行の詩を作って楽しむのも
あながちに場違いなこととは思われぬ――
神話を材に取り、ヘルメスやアポローン、
ディオニュソスや、テッサリアと
ペロポネソスの英雄たちを相手に楽しむ。
わたしは厳密きわまる強弱格を構築するが、
――はっきり申せば――コンスタンティノポリスの
学者どもはこの構築法を知らぬ。
この厳密さがおそらく彼らの不興を買った理由であろう。

一九二一年三月に書かれ、同時に印刷。

時代は紀元十一世紀。主人公は東方教会ときわめて縁の深かった人物であるようだが、それでもなくさみに詩を書くという場合に彼が題材として選ぶのはギリシャ神話である。

これを架空の人物とするか否か、判断は微妙である。つまり、彼を東ローマ帝国の皇帝ミカエル七世と見ることも不可能ではなく、あるいはミカエル七世に触発された架空

の人物とする方が自然ともとれる。

ミカエル七世は一〇七八年にニコフォロス三世ボタネイアテスによって帝位を追われている。

＊1　前記ニコフォロス三世を追放して帝位についたアレクシオス一世の妻。アレクシオス一世については、**アンナ・コムネナ**[95]を参照。

そのはじまり

彼らは、法にそむく快楽を味わった
寝台から起きあがると、
口もきかずに手早く衣服を身につける。
別々にこっそりとその家の外へ出て、
それぞれになんとなく不安な顔で道を急ぐ。
少し前にいかなる類の寝台に横になっていたか、
道ゆく人々にわかってしまうのを恐れるように。

しかし、芸術家の人生はそれでなにかを得た。
明日、明後日、何年もたってから、彼は力強い詩行をつづるが、そのはじまりはここにあった。

一九一五年六月に書かれ、一九二一年三月に印刷。

カヴァフィスの官能詩篇の詩法をあかす一篇。一つの体験を描写した上で、それがいずれ詩に昇華することを示唆する、その過程が詩となっている。とすると、ここに言う「力強い詩行」はこの作品自身ではないということになるか。円環的なからくりがおもしろい。

アレクサンドロス・バラスの寵児

戦車の輻(や)が折れたからあのつまらぬ競走で
勝てなかったなどと言うつもりは毛頭ない。
今宵は良い葡萄酒と美しい薔薇のさなかに
過すとしよう。アンティオキアはわたしのものだ。
わたしは町で最ももてはやされる若者。
わたしはバラスの弱み、彼の寵愛の的。
明日、みんなは競走が公正でなかったと言うだろう。
(もしもわたしが無粋にもひそかにそう言いはれば、
あの追従屋どもは片輪の戦車を一位にもしたはずだ)。

[98]

書かれたのはおそらく一九一六年の六月。印刷は一九二一年六月。君主の寵愛を受けた若者が、それゆえに集まる連中の阿諛(あゆ)をむしろシニックに受け流している。冒頭に出る戦車競走については映画『ベン・ハー』のあのシーンを思い出せばいいだろう。

アレクサンドロス・バラスは前二世紀のシリアの王。彼が王位に至った経緯についてはデーメートリオス・ソーテール(前一六二～一五〇)[90]を見られたい。

コマゲネの詩人イアソン・クレアンドルーの憂鬱
紀元五九五年

身体と容貌が老いてゆくのは
恐しい短剣の傷のようなもの。
わたしは決してあきらめはしない。
詩の技法よ、おまえにこそ頼ろう。
おまえは言葉と想像という薬物について詳しく、
苦痛を鎮めてくれるから。

恐しい短剣の傷のようなもの。
薬をもたらせ、詩の技法よ、

〔99〕

しばらくの間は傷のことを忘れていたい。


書かれたのはおそらく一九一八年の八月。印刷は一九二一年六月。

主人公の詩人は架空の人物であり、老醜と詩による救済を扱う点ではたとえば**稀有のこと**[38]などを思わせる。

コマゲネはシリアの北東部に前一六二年から紀元七二年まで存在した小さな王国で、**コマゲネ王アンティオクスの墓碑銘**[109]の舞台ともなっている。この国はやがて東ローマ帝国の一部となり、紀元六三八年にアラブ人によって征服された。

デマラトス

デマラトスの性格という主題——
若いソフィスト、ポルフィリオス[*1]はこれを
会話の中でおおざっぱにこう話した、
(いずれは文章で展開してみるつもり)——

「まずはじめはダレイオス王の、
次にはクセルクセス王の廷臣、
そして今、クセルクセスとその軍をもって
やっとデマラトスは雪辱を果せる。

〔100〕

ひどく不当な扱いを受けてきた彼は
アリストンの子。彼の敵どもは
買収によって偽の神託を引き出した。
そして彼を王位に就けぬだけではあきたらず、
彼が遂に屈して、意を決し、普通の
市民としての暮しを受け入れてからも、
民衆の面前で彼を愚弄しつくし、
祭礼の場で公然と彼をはずかしめた。

その故に、彼は熱意をもってクセルクセスにつかえた。
偉大なるペルシャ軍をともなって、
彼はスパルタに再びおもむくつもりだった。
そして王の身分に戻ったらすぐに、
彼を陥れた陰謀の徒レオティキデスに、
徹底的なはずかしめを加えんと意図した。

彼は細心の注意をもって毎日を送った。
ペルシャ人に助言を与え、いかにして
ギリシャ人を征服するかを説明した。

さまざまな思慮と用心を重ね、ために
デマラトスの日々は懊悩に満ちた。
さまざまな思慮と用心を重ね、ために
デマラトスには一瞬の喜びもなかった。
だからその時に彼が感じたものも喜びではない、
(違うのだ、彼は決して喜びとは認めまい。
なぜ喜びなのか？　彼の不運は限りないのに)、
勝利を得るのがギリシャ勢の方であることが
次第に明らかになったその時でさえ。

初稿が書かれたのは一九〇四年の八月。一九一一年十一月に書きなおされ、一九二一年九月に印刷。

歴史的事実をまず説明しておくと、デマラトスは前五一〇年から四九一年までスパルタの王だった。しかし共同で統治していたクレオメニスがレオティキデスと共謀してデルフォイの神官を買収し、デマラトスは先王アリストンの本当の子ではないという神託を出させた。かくて彼は王座を追われ、恥辱をこうむり、遂に国を出た。彼はペルシャに行ってダレイオスの宮廷にむかえ入れられ、ギリシャ問題担当の顧問のような地位を得た。そしてダレイオスの後を襲ったクセルクセスがギリシャを攻めるにあたって同行したが、ペルシャ軍は結局サラミスの海戦で大敗する。デマラトスにとってギリシャは捨てたとは言え祖国であり、ギリシャ側の勝利に対する心理的反応は微妙だった筈で、この詩の最後の部分はいわば深層心理の喜びを示唆している。

デマラトスがスパルタから追われる事情についてはヘロドトスが『歴史』の第六巻で詳しく扱っている。

祖国を追われたからといって、仮想敵国であったペルシャへ走るのはずいぶん思い切った行動と見なされるかもしれないが、当時のギリシャ各国とペルシャは心理的には我々が考えるほど遠くはなかった。ヘロドトスはデマラトスについて書いた部分の中で、ペルシャとスパルタの風習の共通点をいくつか並べている。またアテネの名将テミストクレスも国を追われた後、ペルシャの宮廷に入った。

＊1　プロティノスの弟子の一人で、ネオプラトニズムに属する実在の哲学者（紀元二三三〜三〇五）。デマラトスの性格について書いた文章は残っていない。おそらくはカヴァフィスの創作と思われる。

芸術に托した

わたしは坐(すわ)って夢想する。　欲望と感覚を
わたしは芸術に托した。　ほのみえるもの、
いくつかの顔や線、　成就しなかった恋の
ふたしかな記憶、　それらをあずけた。
美しい形を造るすべを　芸術は知っている。
ほとんど気付かぬうちに　人生を完成し
印象をむすびあわせ　日々をつなぐすべを。

一九二一年九月に書かれ、その月に印刷された。

[101]

翳（かげ）**が訪れる**〔93〕や**葡萄酒鉢の職人**〔103〕などと同じく、この詩も韻律的に見ると各行がそれぞれ前後二行に分かれていて、それぞれが脚韻をもっている。

芸術が人生を完成するという考えかたはいかにもこの詩人にふさわしく、また彼の時代にもふさわしい。

高名な哲学者の学校から

[102]

彼は二年の間アンモニオス・サッカス[*1]の弟子だった。
しかし、哲学にもサッカスにも飽きてしまった。

その後、政界に入ってみたが
ながくは続かなかった。知事は愚物で、
とりまきの役人どもはもったいぶった木偶(でく)ばかり。
彼らのギリシャ語は野蛮[*2]なひどいしろもの。

次に彼は好奇心から
教会にひきつけられ、洗礼を受け

キリスト教徒というものになった。しかし速やかに彼はまた主義を変えた。非信者であると広言している彼の両親が息子に対して腹を立て——恐しいこと——それまで潤沢に与えていた小遣いを全然出してくれなくなったのだ。

しかしなにかしなくてはならない。そこで彼はアレクサンドリアのすべての悪徳の館、すべての秘密の快楽の巣窟の常連となった。

この分野では彼は実に幸運だった。
彼はぬきんでた美貌にめぐまれていたから、この神々の贈り物をおおいに楽しんだ。

少なくともまだ十年は

彼の美しさは変らないだろう。その後は――
若い時のようにまたサッカスのもとへ行こう。
もしもその間に老哲学者が死んでしまっていれば
別の哲学者かソフィストのところでもいい。
しかるべき師はかならずみつかるはずだ。

最後には再び政界へ戻ることになろう――
国家への恩義とか、通りのよいその種のことを
うまく思い出して人々の賞讃を買い、
家系の伝統に立ちかえるだろう。

一九二一年十二月に書かれ、同じ月のうちに印刷された。
才気があっていささか軽薄で、おそらくは相当に魅力のある、少なくとも「ぬきんでた美貌にめぐまれ」た若者がいくつかの分野でおのれを試み、この移り気な試行の結果

「悪徳の館」の常連に落着く。最も注目すべきはこの詩の舞台が三世紀のアレクサンドリアに置かれている点で、少し見かたを変えればこの町の方が主役とも考えられる。つまり哲学やキリスト教にはじまって「悪徳」に至るまで、人の精神を遇する機構がすべてそろっている、禁欲から荒淫までの幅広い帯域をひろげた都市の像を我々は見るのだ。ロレンス・ダレルがあの四部作『アレクサンドリア四重奏』で試みたことの一つは、この知性と霊性と官能が輝きをきそいあっている古代都市を大戦前のこの町に重ねあわせ、透(すか)し見ることによる都市像の描出であった。そのような意図の根源にこの作をはじめとするカヴァフィスのアレクサンドリア詩篇があったことは、ダレルが四部作の中にカヴァフィスを一瞬垣間見るように登場させていることからも充分根拠のある推測と思われる。

町[23]などに見るアレクサンドリアがカヴァフィスにとっての（過敏な精神によっていささか強迫的にゆがめられた）現代の町であるとすれば、この作品の中の町は一種理想化された猥雑(わいざつ)さをそなえている。

＊1　「ネオプラトニズムのソクラテス」と呼ばれる哲学者。この呼称はもちろんプロティノスをプラトンに見立ててのこと。サッカスが死んだのは二四三年のことだから、この詩はその少し前の時期ということになる。

＊2　周知の如く「野蛮＝バルバロス」は本来ギリシャ語を語らざる鴃舌(げきぜつ)の族のことで、要するにギリシャ語こそが文明の指標であった。従って下手なギリシャ語はそれだけで軽蔑に値した。

葡萄酒鉢の職人

この葡萄酒鉢は　純銀の品――
常に良き趣味が　支配する
ヘラクレイデス家の　御注文――
この優雅な花、小川、麝香草（じゃこうそう）を　見ていただきたい、
そして真中に配した　美しい若者を。
裸体の、エロティックな　一方の足をまだ
水に入れたままの姿――　記憶よ、お願いだ
手を貸してくれ。　わたしが愛した若者の
あの顔をそのままに　よみがえらせてくれ。
これは困難なことだ。　それというのも

[103]

彼がいなくなってから　もう十年になるのだから、
マグネシアの敗北に[*1]　一兵卒として倒れてから。

第一稿は一九〇三年に書かれ、一九一二年七月と一九二一年の十二月に書き改められている。印刷は一九二一年十二月。
古代においては葡萄酒は必ず水で割って飲まれた。宴に際しては今日のパンチ・ボウルのような大きな鉢(クラーテル)が用いられた。

＊1　前一九〇年、セレウコス朝シリアがローマに敗れた戦い。**マグネシアの戦い**［54］参照。この詩が扱っているのは従って前一八〇年頃になり、その時ヘラクレイデスはアンティオコス・エピファネスの財務長官という顕職にあった。

[104]

アカイア同盟のために戦った人々

勇敢に戦ってけだかい死をむかえた人々よ、
常勝の軍を前にしてなお恐れを知らぬ男たちよ。
敗北の責は諸君ではなくディアイオスとクリトラオス[*1]にある。
ギリシャびとは誇りを口にせんとする時、諸君について
《かかる男らをわが民は産した》と言うのだ。
このような讃辞の高みに諸君はある。――
アレクサンドリアに住むあるアカイア人[*2]がこう書いた。
プトレマイオス・ラティロスの治世第七年のこと。

一九二二年二月に書かれ、すぐに印刷された。

ギリシャ古典文学において碑銘は大きな要素を占め、その盛観はギリシャ詩華集などに見ることができるが、これはカヴァフィスによるその模作。

アカイア同盟(前二八〇~前一四六)はローマに対してギリシャ圏の独立を護るために結ばれた。
＊1　共にアカイア同盟の無能な将軍。両名の敗北の結果、アカイア同盟は潰滅し、ギリシャはローマの支配下に入った。
＊2　プトレマイオス九世。その治世の第七年は前一〇九年、前記の敗北からは三十七年後。

アンティオコス・エピファネスにむかって

アンティオキアのある若者が　王にむかって言う、
《わたしの心は　高貴な希望におののいております。
マケドニア人が再び　アンティオコス・エピファネス様、
マケドニア人が　おおいなる戦いのさなかにあります。
もし彼らが勝ったなら——　誰にせよのぞむ者に
わたしは珊瑚で作った　獅子と馬とパンの像を
粋をきわめた宮殿を　ティロにある庭園を、　つまりあなたに
頂いたすべてを与えましょう　アンティオコス・エピファネス様》
この言葉に　王はいささか動かされた

〔105〕

しかし彼は即座に　父と兄のことを思い出し
何も言わなかった。　立ち聞きする者が
外に洩(もら)すかもしれない――　それに予想のとおり
彼らは間もなくピドナで[*1]　大敗北を喫したのだ。

第一稿はおそらく一九一一年十一月に書かれている。一九二二年二月に手を入れた上で印刷された。

アンティオコス四世エピファネスはセレウコス朝シリアの王(在位前一七五～一六三)。彼の父であるアンティオコス三世は大王と称されたが、マグネシアの戦いでローマ軍に敗れた。また兄のセレウコス四世フィロパトールは臣下に殺されている。彼の子が**デーメートリオス・ソーテール(前一六二～一五〇)〔90〕**。そして彼の娘がマケドニアの王ペルセウスに嫁したのだが、そのペルセウスが前一六八年に独立を維持せんとしてピドナでローマ軍と戦い、大敗を喫した。アンティオコス・エピファネスはまた**アンティオキアのテメトス　紀元四〇〇年〔116〕**にも登場する。

＊1　フェニキアの海岸にあって繁栄していた商業都市。

古い本の中に――

百年にもなろうかという古い本の中に、
頁と頁の間に忘れられて、
署名のない水彩画が一枚、入っていた。
力のある画家の手になるもので、
表題は、「愛の肖像」。

いっそ「極端に官能的な愛の……」とした方がいいような代物だ。

なぜならこの絵を一目見ればわかることだが、
(画家の意図は歴然としている)

[106]

そこに描かれた若者は、
健全な愛の範囲に留まる人々が
決して受け入れないような相手なのだ。
濃い茶色の目、
稀に見る整った顔立ち、
尋常ならざる魅力と美。
愛する者に快楽を約束する
完璧な形状の唇。
世の道徳が恥知らずと見なす類の
寝台の上にこそ向いた理想の四肢。

一九二二年十二月に印刷された。

絶望の中で

［107］

彼をすっかり失った。　今は誰か別の
恋人の唇に彼の唇を　探し求める。
新しい恋人を　抱きしめるたびに、
これは前のあの　若者なのだと
自分に　言い聞かせる。

彼をすっかり失った、　最初からいなかったかのように。
恋人は言ったのだ、　こんな病んだ
汚れた愛から　自分を救いたいと。
汚れて恥知らずな　性の快楽から。

今ならばまだ　間に合うと。

彼をすっかり失った、　最初からいなかったかのように。
妄想にすがりつき、　幻覚でもいいと思って
別の若者たちの唇に　彼の唇を探す。
彼への恋をもう一度　感じ取ろうとする。

一九二三年五月に書かれて印刷された。
一行ずつの中間に空きがあるのは形の上で原文を踏襲しただけだが、原文ではこの空きは韻に関わっている。一行ずつは六個ないし七個のシラブルを並べたごく短い二つの詩行から成っている。単調だがよく響く脚韻で、同じ語の繰り返しも多い。以下のようになっている――

ａｂ／ａｂ／ｃｄ／ｂｄ／ａｅ
ａｅ／ａｂ／ｂｂ／ｂｂ／ｂｂ
ａｆ／ｆａ／ｆｂ／ｂｃ

ユリアヌスが軽侮について

［108］

「さて、鑑みるに、我らの間には神々への軽侮の念がある」*1
と彼はもったいぶった口調で言う。
軽侮？　しかし彼は何を期待していたのだろう？
彼が思うままに宗教組織を作ったとしよう。
ガラティアの大神官やその同輩にせいぜい書簡を送り、
彼らを唆(そそのか)し、煽り立てたとしてみよう。
それらの友人たちはキリスト教徒ではない。
そこは間違いのないこと。それでも彼らは、
（キリスト教徒として育った）ユリアヌス自身のようには、
理論においても具体的にも滑稽な代物にすぎない

宗教組織を相手には遊べない。
やはり彼らはギリシャ人なのだ。皇帝よ、過剰をお慎みください。[*2]

一九二三年九月に印刷された。書かれたのはその直前か。

ユリアヌスは四世紀のローマの皇帝。既にキリスト教を国教としていたローマ帝国で、ネオプラトニズムに基づくギリシャ風の多神教へ回帰しようとした。そのために「背教者ユリアヌス」と呼ばれる。
＊1　テオドロスを小アジア地域の大神官に任命すべく三六三年一月に書かれたユリアヌスの書簡からの引用。
＊2　ここではこう訳したが、これは「汝、中庸を知れ（メデン・アガン）」という広く知られたギリシャの名言である。

コマゲネ王アンティオクスの墓碑銘

［109］

悲嘆にくれて葬儀から戻った妹は
亡き兄、節度ある穏やかな人生を送った
学識も豊かなコマゲネの王アンティオクスのために
墓碑銘を用意しようと思い立った。
命を受けて、エフェソスのソフィスト、カリストラトスが
(小国コマゲネにしばしば暮らし
その王宮に於いて何度となく
心からなる歓待を受けた身)
シリアの廷臣たちの助言に沿ってそれを書き、
老いたる貴婦人のもとへ送った。

「コマゲネの民よ、高貴なる王アンティオクスの
栄光をその人にふさわしく讃えよ。
一国の支配者として彼は、先見の明を備え、
公正であり、賢明であり、さらに勇敢であった。
しかのみならず、彼は何よりもヘレネスの人であった。[*1]
人間にはこれを超える徳は望めない。
その先にあるものはなべて神々に属する」

一九二三年十一月二日に印刷された。書かれたのはその直前か。

このアンティオクス王も含めて登場する人物はすべて架空である。この王朝にアンティオクスは四名いたが、どれと特定することはできない。

コマゲネは今のシリアとトルコの国境のあたりにあった小さな内陸の王国で、紀元前一六二年から紀元七二年まで独立を保った。

カヴァフィスには他にこの王国を扱った作品として**コマゲネの詩人イアソン・クレア**

ンドルーの憂鬱　紀元五九五年[99]がある。

＊1　つまりヘレニズムの信奉者であったということ。実際にはコマゲネはヘレニズム文化と南に隣接するセレウコス朝シリアの文化の両方を受容していたらしい。カヴァフィスはもちろんヘレニズムの側から歴史を見ている。

シドンの劇場（紀元四〇〇年）

評判のいい市民の子であり、何よりも顔が美しく、
さまざまな魅力を備えて、劇場に出入りするわたしは
時折、大胆きわまる詩をギリシャ語で書いて、
回覧に供する[*1]——もちろん匿名で
おお、神々よ[*2]、道徳についてくだらぬことを言いつのる
あの灰色の連中[*3]の目にこの詩がとまりませぬように、
特別な種類の、断罪と不毛の愛にしか至らない
性の悦楽を謳ったこれらの詩が。

［110］

一九二三年十一月二日に印刷された。書かれたのはその直前だろう。シドンはフェニキアにあったギリシャ系の町。カヴァフィスにはもう一つシドンの若者たち(紀元四〇〇年)[92]という同じ町を扱った作品がある。

＊1　カヴァフィスも自分の作品を友人たちに回覧ないし配布していた。

＊2　複数だから異教徒の神である。

＊3　キリスト教徒のこと。

ニコメディアのユリアヌス

分別を欠く危険なふるまいだ――
ギリシャの理想や超自然の魔法などを
讃え、異教徒の神殿に参り、
古代の神々に熱狂し、
クリサンティウス[*1]などと頻繁に語り合い、
明敏なる哲学者マクシムス[*2]と思索にふける。
その結果はどうなるか――ガロス[*3]は憂慮している。

〔111〕

コンスタンティウス[4]は疑惑を抱いている。
ユリアヌスの顧問たちは意を決した。
これは行き過ぎです、とマルドニウス[5]が諌めた。
この噂はなんとしてももみ消さなくては。
そこでユリアヌスは朗唱役として
再びニコメディアの教会に赴いた。
そこで、聖なる書物の文章を
心を込めて敬虔に読み上げる。
人々はみな彼のキリスト教への熱意に感動する。

一九二四年一月三日に印刷された。書かれたのはその直前か。ニコメディアはマルマラ海に面する港町で現在はイズミットと呼ばれる。

紀元三五一年、二十歳のユリアヌスはキリスト教を離れて古代ギリシャの多神教に接近する。

＊1　ネオプラトニズムの哲学者。次のマクシムスの友人。

＊2　彼はユリアヌスを魔術の儀式に誘った。

＊3　ユリアヌスの異母兄で、三五〇年、従兄であるコンスタンティウスによって副帝とされたが、そのコンスタンティウスは三五四年に彼を処刑した。

＊4　コンスタンティウス二世。在位三三七年から三六一年。ユリアヌスを副帝に指名、後に対立して、決戦を前に病没した。

＊5　ユリアヌスの教師。

時が彼らを変える前に

二人は別れるのが本当に辛かった。
そんなことはしたくない。状況がそれを強いたのだ。
生活費を得るために一人が遠くへ行かざるを
得なくなった——ニューヨークか、カナダへ。
二人が感じている愛は、実は、前とは違ってしまっていた。
二人を結ぶ力はずいぶん弱くなっていた。
それでも別れ別れになるのは望んだことではない。
状況がそうさせる。あるいは運命の女神が
芸術家を装って登場し、二人を分けると決めた。
彼らの仲がすっかり終る前、

[112]

時が彼らを変える前に。
一人の姿はもう一人の中にずっと残るだろう、
二十四歳の美しい若い男として。

一九二四年一月三日に印刷された。書かれたのはその直前だろう。

若い時の美貌が恋人の記憶の中で保たれるという主題をカヴァフィスは好んで書いた。

これはその好例だが、移民のような同時代的な話題は珍しい。

ギリシャ人はもともと離散的な性格なのか、古代にもまた現代でも積極的に国外に出てゆく。古代には地中海沿岸に彼らの植民都市が多く造られたし、今も世界の至るところでギリシャ系の人々に出会う。

彼は読もうとした――

彼は読もうとした。歴史家や詩人の本など、
二、三冊が開いて置かれていた。
しかし読書はせいぜい十分しか続かなかった。
そこで諦め、ソファーで眠りに落ちた。
読書への意欲はあった。
しかし彼は二十三歳、美貌の持ち主である。
その日の午後、エロスが
彼の理想の肉体を、その唇を
通り過ぎて行った。
エロスの熱が愛の肉体を通り過ぎた、

[113]

快楽の形についての愚劣なためらいなど知らぬ顔で……

書かれたのはおそらく一九二四年一月、その年の七月七日に印刷された。激しい官能の午後を過した美青年の夜の一シーン。

このような情景の切り取りかたに映画芸術の影響を読み取るのは無理だろうか？　ちなみにカヴァフィスは大都会アレクサンドリアで暮して、一九三三年に亡くなった。映画館はあったはずだが、同時代のあの都市を描いたロレンス・ダレルの『アレクサンドリア四重奏』に映画への言及はなかったと思う。

紀元前三一年、アレクサンドリアで

郊外の、あまり遠くない小さな村から
道中の埃にまみれたまま

一人の行商人が町に着いた。「香木!」[*1]とか「ゴム!」[*2]、

「最高級のオリーヴ油!」、「髪につける香水!」

と道々叫びながら彼は行く。しかし、大変な雑踏と
音楽とパレードのなかでは、その声は誰にも聞えない。

彼はつきとばされ、引きずられ、こづかれたあげく

［114］

最後に当惑してたずねた、「この大騒ぎは何ですか?」
群衆の一人が彼の耳に王宮の壮大な嘘を
投げてよこした——アントーニウスがギリシャで勝った、[*3]と。

一九一七年の四月にはじめて書かれた。一九二四年の七月(?)に書き直され、同年七月七日に印刷。

主人公の行商人はもちろん架空の人物。プトレマイオス朝の最後の日々をアレクサンドリアという町の雰囲気とともに見事にとらえた作品。

歴史のドラマはアクティウムの海戦そのものであったろうが、詩的なドラマはそれから少しずれたところに成立する。

アントーニウスを扱った作としてはほかに**神がアントーニウスのもとを去る**[28]や、**小アジアのある町で**[123]などがある。
＊1　燃やすと芳香を放つ木、あるいはそれからとった樹脂。原語は「リバノン」。地名のレバノンはこの木を産するところから来た。
＊2　南米原産のゴムの木は古代には知られていなかったから、これはアラビア・ゴム

である。

＊3　マルクス・アントーニウスは海戦でオクタヴィアヌスと雌雄を決すべく、アクティウム(ペロポネソス半島の西側)で戦い、敗れた。クレオパトラはしかしそれを偽って、彼が大勝したとアレクサンドリアで発表したと伝えられる。

イオアニス・カンタクジノスが勝ったので

彼はまだ自分のものである畑を見やる。
小麦と家畜、実をつけた果樹、
その向こうに先祖代々住んできた屋敷、
たくさんの衣裳、高価な家具、銀器。

すべて奪われるだろう――おお、神よ――何もかも奪われるだろう。

行って足元にひれ伏したら、
カンタクジノスは見逃してくれるだろうか？　噂では慈悲を知る人、
哀れみを知る人とのこと。しかし取り巻きの連中はどうだ？　軍隊は？

[115]

むしろイリニ令夫人[*1]の前に身を投げて赦しを乞うべきか？
アンナの一味に加わったのが間違いだった！
アンドロニコス卿があの女と結婚などしなかったなら！
あの女が善行を施し、人間味を見せたことが
一度でもあったか？
フランク人[*2]でさえ彼女にはもう敬意を払わない。
あの女の計画は滑稽、陰謀は笑劇。
彼らがコンスタンティノープルの民を脅している間に、
カンタクジノスが、イオアニス卿が、彼らを滅ぼした。

もしもイオアニス卿の側を
選んでいたならば！　そうしたら今も幸福だったのに。
大貴族の身分のまま安泰でいられたのに！
最後の瞬間、司教[*3]の説得を拒んでいたならば。

あのいかにも高僧めいたふるまいと、
偽りばかりだった情報と、
約束ごとやたわごとを退けてさえいたならば。

一九二四年十二月九日に印刷。ビザンティン帝国末期の宮廷の政争を素材にしている。嘆く語り手は架空の存在だが、他の名前は実在のものである。

一三四一年にアンドロニコス三世パレオロゴスが身罷り、戴冠した世継ぎイオアニス五世が九歳と幼かったので、その形式的な妻ヘレネの父であるイオアニス・カンタクジノスが摂政になった。これを機にアンドロニコスの未亡人「サヴォアのアンナ」一派とカンタクジノスの側との間で激しい政権争いになり、結局はカンタクジノスが勝利してイオアニス六世を継承した。この政争に際してコンスタンティノープルの総大司教はアンナの側に回った。ギボンの『ローマ帝国衰亡史』の第六三章に詳しい。

＊1　カンタクジノスの夫人。

＊2　言うまでもなくビザンティン帝国はギリシャ人の国であり、彼らにとって西ヨーロッパの人々がフランク人であった。「サヴォアのアンナ」はその名のごとくフランスの出身であった。

＊3　前記、コンスタンティノープルの総大司教だろう。

アンティオキアのテメトス　紀元四〇〇年

恋に溺れたテメトスが詩を書いた。
表題は「エモニディス」――これは
アンティオコス・エピファニスの寵児だった
サモサタ出身の美しい青年の名。しかし、仮に
この詩が熱のこもった、情愛に満ちたものになっているとしたら、
それは「エモニディス」という表題が(ずっと昔の人、
別の時代の人である。ギリシャ王国一三七年、*1
あるいはもう少し前か)、この詩にぴったりとはいえ、
借り物に過ぎないからだ。
詩はテメトスの愛に声を与えた、

[116]

いかにも彼にふさわしい、美しい愛に。
しかしながら彼と親しい我ら、事情に通じた我らは
この詩が誰のことを謳っているかを知っている。
アンティオキアの人々はただ「エモニディス」と読むのみだが。

一九二五年一月二十日に印刷。

テメトスもエモニディスも共に架空の人物だがアンティオコス・エピファニスは実在した。

おおっぴらに言えない恋を歴史ないしフィクションに託して語るという例は文学史に無数にある。多くの詩人が身につまされることだろう。

*1　セレウコス朝シリアは前三一二年、アレクサンドロス大王の西方の領土が三つに分裂した時に始まる。従って「ギリシャ王国一三七年」は前一七五年。

色ガラスの

イオアニス・カンタクジノスと
アンドロニコス・アサンの娘イリニとの
ヴラケルナイ[*1]に於ける戴冠式[*2]の細部にわたしは魅了された。
彼らはほんの僅かしか宝石を持っていなかった。
(我らが帝国は倒産に瀕し、極貧であったから)
二人は摸造の宝石を身にまとった。
赤や緑や青のガラス玉。
そこには屈辱も不名誉もなかった。
正にその逆なのだ、それらは
冠を授かろうとする

[117]

二人を見舞った
不正と不運への抗議だった。
二人が本来持つべきであったものの象徴。
戴冠式において彼らが
持つべきであったものの、イオアニス卿と
アンドロニコス・アサンの娘イリニ令夫人とが。

一九二五年二月二十七日に印刷。**イオアニス・カンタクジノスが勝ったので**[115]と繋がる作品。したがってこの東ローマ帝国末期に廷臣の身から即位した傍系の皇帝についてはそちらの註を見ていただきたい。

この皇帝は評判がよい。この作品に見るようにカヴァフィスは明らかに贔屓(ひいき)にしているし、ギボンも彼の財産について「相続によって継承されたもので強欲による蓄積の結果ではなかった」(『ローマ帝国衰亡史9』ちくま学芸文庫、四一二頁)と書いている。それでも帝国は既に傾き、領土は次々に失われ、彼はオスマン・トルコの君主オルハンと手を組んで無数の敵と戦わねばならなかった。

＊1　現ギリシャ西部エピルス地方の町。この時期、コンスタンティノープルのアギア・ソフィア大聖堂は荒廃していて使えなかった。

＊2　一三四七年のことである。彼らの戴冠と、イオアニス五世パレオロゴスとカンタクジノスの娘ヘレネの結婚式が同時に行われた。この後一世紀ほどで東ローマ帝国は消滅した。

この戴冠式についてギボンが以下のように書いていることがカヴァフィスの想像力を刺戟したのかもしれない――「戴冠と成婚の祝典が協和と荘厳の雰囲気のもとに挙行されたが、これらは両方とも見せかけに過ぎなかった。最近までの紛争の過程で国家の財宝はもとより、宮殿内の家具什器さえ売却もしくは横領されたためにこの宮中の宴席では白鑞(はくろう)もしくは土器で食事が供されたが、時代の高慢な窮乏は黄金と宝石の不足をガラス製もしくはめっきした革などの安物の小細工で埋め合せた」(『ローマ帝国衰亡史9』、四三〇頁)。

その人生の二十五年目に

二人が前の月に出会ったタヴェルナへ
彼は足しげく通った。
みんなに聞いても何もわからなかった。
彼が会った相手のことは
誰もが知らないと言った。
たまたま店に入ってきた
なじみのない、素性の知れない若い人。
それでも夜になると彼はタヴェルナに行った。
そこに坐(すわ)って戸口の方をじっと見ている。
疲れ果てるまでじっと見ている。

[118]

来るかもしれない、今夜は顔を出すかもしれない、と。

これをほとんど三週間続けた。
願望で心はほとんど病気のよう。
あの口づけがまだ唇の上に残っている。
何よりも、彼の肉体は無限の欲望に苦しめられた。
もう一つの肉体を自分の上に感じた。
また一体になりたいと彼は願った。

自分の思いを外に洩らそうとは思わない。
しかし時にはもうどうでもいいという気になる。
自分がどういうことになっているかはわかっている。
それは受け入れるしかない。ことが知れたら
この醜聞（しゅうぶん）は身の破滅を招くとしても[*1]。

書かれたのはおそらく一九一八年の六月。印刷は一九二五年の六月三十日。二十五歳にしてとんでもない恋に取り憑かれた男の話である。短篇小説ならば帰結まで書かねばならないが、詩ではこの男の煩悶（はんもん）だけで一つの情景として完成する。

＊1　自分が同性愛者であることが世間に知れるから。

イタリアの岸辺で

キモス、父はメネドロス。若いギリシャ系イタリア人。
彼の人生は、ひたすら享楽の中にある。
大ギリシャ圏のこの一角の若者たちと同じように
贅沢の中で育ってきた。

しかし今日は　本来の性格に反して
彼は何かに心とらわれ、気落ちしている。
海岸でペロポネソスからの戦利品が
船から降ろされるのを見て、彼は動揺したのだ。

[119]

ギリシャからの戦利品、コリントから略奪された品々。
どう考えても、今日は遊ぶ日ではない。
この若いギリシャ系イタリア人が
愉快に過ごすことは今日はできない。

一九二五年六月三十日に印刷。

若い主人公もこの都市も架空のものである。

紀元前一四六年、アカイア同盟を撃破したローマ提督ムンミウスはコリントの市街を攻略、男をすべて殺し、女と子供を奴隷に売り、家を破壊した。そこからの荷を積んだ船がこの港に入った。

アカイア同盟のために戦った人々〔104〕も参照のこと。

退屈な村で

彼は退屈な村で働いている。
ある会社の事務員で、とても若い。
二、三か月先の日を
彼は待っている。
二、三か月して仕事が減る時を。[*1]
都会へ出て行って、あそこの活気、
あそこの娯楽に頭から飛び込める。
退屈な村で彼は時が過ぎるのを待っている。
今夜は性の欲望で身を一杯にして寝床に入るだろう。
美しい若さ全体が肉体の情熱に燃え上がる。

[120]

美しい若さは美しい強迫に場所を譲る。
そして、彼の眠りの中に快楽がやってくる。
眠りの中で彼はあの姿を見、自分のものにする、憧（あこが）れる肉体を……

一九二五年に書かれ、同年の十月二十日に印刷。
＊1　おそらくこの会社は木綿の仲買業者なのだろう。収穫の季節が終ると仕事はぐんと減る。またこの当時、エジプトの木綿を売買していたのはもっぱらギリシャ人だったから、この若者もギリシャ系と考えられる。

ロードス島におけるティアナのアポロニオス　[121]

ティアナのアポロニオスが
ロードス島に豪華な家を建てた若者に*1
正しい教育と教養を説いた。
「私が寺院に入る時は」と彼は最後に言った、
「たとえ建物は小さくとも
黄金と象牙の像をそこに見たい。
大きな建物に
ただの粘土の像をではなく」
「ただの粘土」とはよく蔑(さげす)んだもの。

しかし(しかるべき訓育を得ない)人々は
偽物にこそ感服するのだ。ただの粘土に。

一九二五年に書かれ、その年の十月二十日に印刷された。
フィロストラトスが書いた『ティアナのアポロニオス伝』に依拠するという共通点によって**賢者は将(まさ)に起らむとするところを知る**[46]ならびに**まことみまかられしや**[91]と呼応する詩篇。

＊1　この若者は自分の家の建築と装飾にすでに十二タラントを費やし、更に同じ金額を投じるつもりだが自分の教育には一銭も遣わないと言った、と『ティアナのアポロニオス伝』の第五巻第二二章にある。

クレイトーの病気

クレイトーは年の頃二十三歳ほどの
みなに好かれる若者。
一流の教育を受け、ギリシャ語の知識でも傑出している。
その彼が熱病で重態に陥った、
その年、アレクサンドリアで猖獗（しょうけつ）を極めた熱病に。
患う前から彼は既に
心疲れていた。友人が、若い俳優が
もう彼を愛さない、彼を求めないと言ったから。

[122]

病は重く、両親は怯えて戦いている。

彼を育てた老いた召使いが
クレイトーの命を危ぶんでうろたえるうちに
若い頃、まだこの家に女中として来る前に
拝んでいた偶像のことをふと思い出した。
この由緒正しいキリスト教徒の家に来て彼女も回心したのだが。
彼女はこっそりとケーキとワインと蜂蜜を用意して
偶像の前に置き、昔はよく覚えていた
祈りの文句をとぎれとぎれに思い出して
唱える。[*1] だが彼女は知らない、
黒い神がキリスト教徒の病が治るか否かなど
まるで気にかけていないことを。[*2]

一九二六年二月十日に印刷された。

＊1　ダイモン。古代にあっては「神」の意だったが新約聖書では「悪霊」である。この詩は語義がちょうど変る時期を扱っている。

＊2　キリスト教への回心が趨勢になった時に古い偶像崇拝がどういう運命を辿ったかにカヴァフィスは強い関心を寄せている。背教者ユリアヌスに関わる詩が多いのもその現れだろう。この異教の「黒い神」は明らかに拗ねている。

小アジアのある町で

アクティウムからの報せは、海戦[*1]の結果は
もちろん予想もしないものだった。
しかし、布告を改めて最初から書く必要はない。
名前だけ入れ替えればいいのだ。
最後のところの「カエサルの紛い物である
オクタヴィアヌスの災厄から
ローマを解放した」を、
「カエサルの紛い物である
アントーニウスの災厄から……」とすれば
きちんと帳尻が合う。

〔123〕

「我が町は、栄光比類なき勝利者、
武勲において他に例を見ず、
政治の分野でも驚異の手腕を持つ
アントーニウスの勝利を熱烈に希求した……」
という部分も入れ替えよう。
「オクタヴィアヌスの勝利を熱烈に希求した。我らは
ゼウスが彼に与えし才能を尊び、力強きギリシャの保護者にして、
ギリシャの風習の名誉を尊重し、
ギリシャの領域全体で敬愛され、
限りなき栄誉と讃辞に
与るところのこの人物の
業績をギリシャ語によって、韻文と散文の両方によって、
栄誉の正しき器であるギリシャ語をこそ用いて
永く伝えるであろう」

エトセトラ、エトセトラ。ぴったり合うではないか。

一九二六年三月三十日に印刷された。

＊1　言うまでもなく、紀元前三一年、オクタヴィアヌスとアントーニウスが戦ったアクティウムの海戦のこと。同じテーマについてカヴァフィスは**紀元前三一年、アレクサンドリアで**［114］でも書いている。

仮に「町」としたが、実際はもう少し広い「郡」くらいの行政区画である。主人公はここの政治の責任者たちであり、その視点から事態を見ているという点でこの作品はカヴァフィスの詩の中で最も広く知られる**蛮族を待ちながら**［14］に通じるものがある。

彼らにとって戦いの帰趨はどうでもいい。ローマの勢いの前でいかにギリシャ文化を守るかだけが関心事なのだ。

セラペイオンの神官

[124]

わたしにずっと
変らぬ愛を注いでくれた父が
二日前の夜明け前に亡くなりました。
わたしは父を悼(いた)みます。

イエス・キリスト様、わたしは常に
思いと言葉と行いにおいて[*1]
聖なる教会の戒律を守り
あなたが否むものをすべて退けてきました。
しかし今、わたしは父の死を悼み、父の死を悲しみます。

父が（申し上げるのも恐しいことながら）
呪われたセラペイオン[*2]の神官であったとしても。

一九二六年六月九日に印刷された。

＊1　「われは思いと言葉と行いとをもつて、多くの罪を犯せしことを告白し奉る」はカトリックの「告白の祈り」の文言である。

＊2　セラピスはヘレニズム期のアレクサンドリアで広く信仰された神。エジプトに由来する神々の習合という性格を持つ。セラペイオンはその神殿。

酒舗にて——

ベイルート[*1]の酒舗や娼館を転々としている。
タミデスを失った以上
アレクサンドリアには居たくなかった。
彼はナイル川の別荘と市内の屋敷で釣られて
知事の息子のところへ行ってしまった。
アレクサンドリアに残ることはできなかった。
ベイルートの酒舗や娼館を転々としている。
安っぽい遊蕩(ゆうとう)にふける下劣な日々。
変らぬ美のように、我が肉体に染みついた
香水のように、残る救いはただ一つ、

[125]

世にも稀な美貌の若者タミデスが
二年の間、わたしだけのものだったということ、
屋敷もナイル川の別荘も持たないわたしなのに。

一九二六年六月九日に印刷された。

＊1　レバノンの首都。アレクサンドリアから六百キロ、すなわち船でなら一、二日ほどの距離にある国際都市で、ギリシャ系の主人公にとってはカイロより行きやすい遊蕩の場だったのだろう。近代におけるこの町の繁栄は十八世紀から一九七五年のレバノン内戦勃発まで続いた。

司祭と信徒の大いなる行進

司祭と信徒の大いなる行進。
その名も高きアンティオキア[*1]の都の
街路を、広場を、城門を
それぞれの暮しぶりを映した姿で練り歩く。
堂々たる行列の先頭を行くのは
見目よき白衣の若者が
両の腕を上げて掲げた十字架、
我らの力、我らの希望、聖なる十字架。
このところ傲慢の度を増していた異教徒は
今や顔色を失って

[126]

行進に背を向ける。
常に遠く離れているがいい
（自らの誤りを認めるまでは）。
聖なる十字架は進み行く、
喜びと慰めのしるしとして
キリスト教徒の住む街区の隅々まで。
神を敬う人々はみな喜びに満ちて
家々の戸口に出て迎える、
力であり世界の救いである十字架を。

年ごとのキリスト教の祭礼[*2]だが
今年はまた格別に華やかだ。
帝国はようやく解放された。
神に背いた忌まわしいユリアヌス帝は
もういない。

信仰篤きヨヴィアヌスに我らが祈りを。*3

最初に書かれたのは一八九二年の九月、書き直されたのはおそらく一九一七年の三月。カヴァフィスが好んで扱った背教者ユリアヌスについての詩篇の一つ。

カヴァフィスはこの異端の皇帝について七篇の詩を書いている——「ユリアヌスが神秘劇を見る」(未発表)、**ユリアヌスが軽侮について**[108]、**ニコメディアのユリアヌス**[111]、**司祭と信徒の大いなる行進**[126]、**ユリアヌスとアンティオキアの民**[128]、**あなたは理解しなかった**[134]、**アンティオキアの郊外で**[154]。

タイトル、「信徒」と訳したが正確には「俗衆」すなわち聖職にないキリスト教徒のこと。

＊1　セレウコス朝シリアの都で後にローマ領。この時期にはローマとアレクサンドリアに次ぐ帝国第三の都会であり、初期キリスト教にとっては重要な町であった。

＊2　ギリシャ正教では「十字架挙栄祭」として九月二十七日に、カトリックでは「十字架称賛祝日」として九月十四日に行われる。

＊3　三六三年、ユリアヌスが戦死した後で選ばれて皇帝になった。護衛隊長だった彼は人望によってではなく凡庸で中立に近い立場にいたことを理由に選出されたらしい。

同名の偉大な別人と間違えられたのだという説もある。それでもキリスト教徒だったから信仰を共にする者たちからは歓迎された。在位わずか八か月にして(毒キノコを食べたためか、あるいは火鉢による一酸化炭素中毒で)亡くなった。

シリアを去るソフィストに

高名なソフィストよ、シリアを去る今、
あなたはアンティオキアについて本を書こうと
考えておられる。それならばメビスのことを
必ずお書きになるよう。
間違いなくアンティオキアで最も美しい
最も讃えられた有名な若者。彼と同じことをして
同じだけの報酬を得られる者は
他にいない。メビスと共にほんの二、三日
暮すだけで人は百スタテルも払うのだ。
アンティオキアで、とわたしは言ったけれど

［127］

アレクサンドリアでも同じこと、ローマにさえ
メビスほど魅力あふれた若者はいないのだ。

一九二六年十一月十五日に印刷。
カヴァフィスに多々ある若者の美貌を讃える詩の一つ。ただし彼は高等娼婦のように
プロフェッショナルである。ソフィストは架空。

ユリアヌスとアンティオキアの民

[128]

Cの字もはたまたKの字もこの町に
仇をなしたことはなかった……我らは
通訳を見つけ……この二文字は、はじめの
方はキリストの、二番目はコンスタンティウスの
頭文字であることを知った。

ユリアヌス『ミソポゴン(髭ぎらい)』*1

美しい暮しぶり、日々の多種多様な
悦楽、肉体へのエロティックな傾倒と芸術との
究極の結びつきの場であるあのまばゆい劇場、
などなどをどうして彼らは

放棄することができたのだ？

たしかにそれらはある程度まで不道徳だ――いや、相当に不道徳。
しかし彼らは自分たちの暮しぶりが
悪名高いアンティオキア風の
優雅の極みであり愉快この上ない暮しであることに
満足していたはずだ。

いったい何と引き替えに彼らはそれを捨てたのか？[*2]

偽の神々についての空論、
紋切り型の自己礼讃、
子供じみた劇場ぎらい、
不細工な、みっともない髭。
彼らは間違いなくCを選び

間違いなくKを、百回でも、選んだだろう。

一九二六年十一月十五日に印刷。

背教者ユリアヌスを巡る詩の一つ。

彼とアンティオキアの民の対立はよく知られた事実である。この詩でユリアヌスは快楽主義者だったアンティオキア人がなぜ禁欲的なキリスト教徒になったかと問うている。

＊1　ユリアヌスの著書の一つ。諷刺の色が濃い。「髭ぎらい」とはアンティオキアの民のことで、実際、ソリドゥス金貨に刻まれた横顔を見るとユリアヌスは髭を生やしており、コンスタンティウスには髭がない。

Kことコンスタンティウスは(父がコンスタンティヌスで、弟がコンスタンスだから紛らわしいのだが)ユリアヌスの叔父の子にあたる。彼の前の代のローマ皇帝。

＊2　理由を問う疑問詞は英語などゲルマン系の言葉ではwhyなど一語であるが、ラテン語系ではフランス語のpourquoiやスペイン語のpor queに見るように「何のために」と二語の合成からなる。現代ギリシャ語でも*γιατί*と同じ原理。この場では「なぜ」という問いの真意がfor what「何のために」であり、「何と交換に」の意であることがよくわかる。

アンナ・ダラシニ

アレクシオス・コムネノスは
母の名誉を讃えるべく出した勅令[*1]の中に
(その人こそ職務に於いても礼節においても
特筆に値する際だった知性の持ち主)
多くの修辞を並べた。
ここではその一つだけをお目にかけよう、
美しくもまた高潔なその一つを――
「「私の」とか「あなたの」という冷たい言葉を決して使われなかった。」

〔129〕

一九二七年一月四日に印刷。

一〇八一年、東ローマ皇帝アレクシオス・コムネノスは出陣に際して、後に残すべての国事を母であるアンナ・ダラシニに託した。それを着実に果したのが讃辞の理由であり、「職務に於いても」の理由である。

＊1　直訳すると「黄金の雄牛」。東ローマ帝国で勅令はそう呼ばれた。

一八九六年の日々

彼の名誉はすっかり地に落ちた。罪あるものとして
厳禁されている(しかし誰もが生来そなえている)
性的な傾向がその理由だった。
世間というものはまこと了見が狭い。
やがて彼は持っていた僅(わず)かな金を失い、
社会的な地位を失い、評判を落とした。
三十歳近いというのに一年と続いた職がなかった。
少なくともまっとうな職はなかったのだ。
時には恥知らずと見なされるような取引の
仲立ちで稼いでその場その場を凌いだ。

[130]

一緒にいるところを何度か見られたら
その相手も悪評を被るような、そんな男になった。

しかし話をここで終えてはならない。それは不公平だ。
彼の美しさについて思い出してみよう。
別の視点があるのだ。そちらから見れば
彼は魅力あふれる、ひたすら真性な
愛の申し子と映る。何らためらうことなく
純粋な肉体の純粋な官能を
名誉や評判より大事にする者と。

評判より大事に？　しかし了見の狭い
世間はこれらの価値を認めない。

一九二五年に書かれた。一九二七年三月二十六日に印刷。
ものごとの評価の二面性を前半と後半で鮮やかに対比させる作品である。

二人の若い男、二十三ないし二十四歳

[131]

十時以来、彼はカフェニオンで
今にも相手が現れるかと待っていた
真夜中になった——まだ彼は待っている
一時半を過ぎた。カフェニオンには
もうほとんど誰もいない。
機械的に新聞を読むのにも
厭きはてた。三シリング*1という
淋しい持金が残りは一シリングだけ、
長く待つために
コーヒーやコニャックに費やしたのだ。

煙草も全部喫(す)ってしまった。
そして何時間も一人きりでいたので、
道にはずれた自分の暮しを
わずらわしく思いはじめた。

その時、相手が入ってきた——すぐに
疲労と倦怠(けんたい)とわずらわしさは消滅した。

友人は思いもかけぬ知らせをもたらした。
博打(ばくち)で六十ポンドかせいだのだ。

彼ら二人のきわだった顔立ち、美しい若さ
二人の間の感覚的な愛を
この六十ポンドはよみがえらせ、
いきいきと精気を吹きこんだ。

彼らは喜びと力、感性と美に満ちて
そこを出た——それぞれの立派な家族の家ではなく、
（どうせ二人は歓迎されないのだ）
二人がよく知っている特別な
悪の館へ行った。寝室を一つ借り
高価な飲物を買い、また飲んだ。

朝の四時に近い頃、その
高価な飲物を空にして、二人は
幸福な愛に身をまかせた。

一九二七年六月十四日に印刷。
状況の劇的な変化はカヴァフィスが好んで取り上げる主題の一つで、この詩の場合はまこと幸福な終りかたになっている。

＊1　次のポンドと同じくイギリスの通貨単位。この時期エジプトはイギリスの保護国となっていた。一ポンドは二十シリングだから、六十ポンドは千二百シリングに当たる。仮に一シリングを千円とすれば、六十ポンドは百二十万円である。

古代以来ギリシャの

アンティオキアが誇るのは、まずは壮麗な建物、
美しい街路、町を取り囲む見事な田園、
そしてまた数多い住民たち。
栄光に満ちた王の数々、芸術家、賢者、
富裕でありながらも謙虚な商人ら。
だが、それらを差し置いてアンティオキアは誇る、
古代以来ギリシャの都市であったことを、
イオ[*1]を通じてアルゴスに繋がる系譜を、
イナコスの娘の名誉のために
アルゴスの植民者たちによって

[132]

造られた町であることを。

一九二七年九月九日に印刷。

ギリシャ文明圏の栄光はカヴァフィスが好きなテーマの一つだった。ギリシャはローマのように統一された広大な領土は持たなかったが、地中海の諸地域に植民都市を築いた。シリアのアンティオキアもその一つである。

今、この町はトルコの領土内にある。

＊1　アルゴス(ペロポネソス半島)の王イナコスの娘。ゼウスに見初められ、その妻ヘーラーの嫉妬を避けるため雌牛の姿で小アジアに渡り、更にエジプトに行った。

一九〇一年の日々

彼には他の者と違うところがある。
あれほどの放蕩三昧(ほうとうざんまい)と
数限りない性的な冒険、
いつもその年齢にふさわしく
ふるまうという事実、
などなどに相反して、まこと稀にだが、
その肉体がほとんど無垢のような
印象を与えるのだ。

二十九歳の美青年が、

[133]

快楽の試練を経た身体を、
まるで純潔な身体を初めて
おずおずと差し出す少年のように
見せるのだ。

一九二七年十月二十八日に印刷。

こうやって註で印刷の日付けを記す理由を説明しておく。カヴァフィスは書き上げた詩をそのつど一枚ずつ印刷させて友人たちに配布した。雑誌でも詩集でもなく、英語でいうブロードシートの形で発表することを好んだ。ちなみにこの詩の前の**古代以来ギリシャの**[132]の印刷は同年の九月九日。次の**あなたは理解しなかった**[134]と**詩に巧みな二十四歳の若者**[135]は共に翌年の一月十六日に印刷されている。詩人はこの時期このくらいの頻度で詩を書いていた。

カヴァフィスは「……年の日々」という詩を五篇書いている。どれも彼の秘密の性生活をテーマにしたもの。ただしこの年号に具体的な裏付けがあるわけではないようだ。

あなたは理解しなかった

頭が空っぽのユリアヌスが我らの信仰についてこう述べた――「読んだ、理解した、退けた」[*1]。愚かにも彼は我らがその「退けた」という言葉で降参すると思った。

この種の機知は我らキリスト教徒には通用しない。即答しよう、「読まれたが理解なさらなかった。理解したら退けるはずがないのだから」。

[134]

一九二八年一月十六日に印刷。

背教者ユリアヌスとキリスト教徒たちの対立を扱った詩篇の一つである。

＊1　各国語への翻訳者たちが当惑しているように、この詩の中心にある言葉遊びは訳しようがない。この三つの動詞は（カタカナで書けば）「アネグノン、エグノン、カテグノン」と韻を踏んでいる。そして、言葉の成り立ちとして *γνωρίζω*（「知る」）の前に接頭辞 *ανα* と *κατα* がついた形になっている。前者は「上へ」、後者は「下へ」という意味で、対になっているとも言えるが、しかし生成された語意は大きく異なる。

日本語で似た例を探すなら「見る」から「顧みる」や「仰ぎ見る」、英語では claim〜proclaim〜reclaim などがまあ似ているか。

詩に巧みな二十四歳の若者

[135]

頭脳よ、今こそ働きを見せてくれ。
片思いの情熱に身を滅ぼしそうなのだ。
この事態に気も狂わんばかりなのだ。
毎日、彼は熱愛する顔に口づけし、
彼の手はあの美しい肢体を愛撫する。
これほど深く愛したことはかつてなかった。
しかしこの愛には
何かが欠けている。
二人が同じように強く求めて得られる充足がない

(二人が共に普通でない快楽[*1]を求めているのではない。
熱狂しているのは彼だけなのだ)。

彼は疲れ果てて病んでしまった。
しかも、一層悪いことに今は失業の身。
あちらでいくらこちらでいくらと
金を借り、時には小銭をねだって
かつかつ暮しを立てている。
あこがれの唇に口づけし、
すばらしい肉体に心ときめかす。だがわかっている、
自分はただ黙認されているに過ぎない、と。
あとはただ酒を飲み煙草を吸って
ひがな一日をカフェで過す。
この病が自分の美貌を蝕むに任せている。
だから、頭脳よ、今こそ働きを見せてくれ。

一九二八年一月十六日に印刷。

「詩に巧みな」という部分、直訳すれば「言葉の職人」となる。T・S・エリオットが長詩『荒地』のエズラ・パウンド宛の献辞にダンテの『神曲』「煉獄篇」第二十六歌をイタリア語のまま *il miglior fabbro*「わたしにまさる言葉の匠」(岩崎宗治訳)と引用したのを想起しよう。詩人は言葉の職人である。

＊1　つまり相手は異性愛も知っているということ。

スパルタで

母にどう言えばいいかわからない、言う勇気がない。
クレオメネス王はプトレマイオスの要求を
母に告げられなかった。
両国の間の協定の保証のために
母をエジプトに送るなどと、
人質にしてそこに留め置くなどと。
実に屈辱的な、不作法なことだ。
母に向って切り出しかけては、また口を噤んだ。

しかしこの賢い女性は彼の悩みを理解していた。

136

（ある程度はすでに噂で伝わっていたのだ。）
そしてはっきり言うよう息子を促した。
聞いて、笑って言ったものだ、もちろん行きますとも、と。
この歳になってまだスパルタの
お役に立てるとはなんと幸せなこと。

屈辱については、そんなものは気にもならない。
言うまでもなく、ラギディス一族[*1]ごとき成り上がりに
スパルタの精神がわかるはずがない。
彼女のような高貴な女性にとって、
スパルタ王の母にとって、
彼らの要求は屈辱と受け取るにも値しないものなのだ。

一九二八年四月十七日に印刷。

スパルタの王クレオメネス三世(紀元前二三五〜二二九)はマケドニアとアカイア同盟を相手の戦争で、エジプトのプトレマイオス三世の援助を求めた。それを受け入れる条件としてプトレマイオスはクレオメネスの子供たちと母クラティシクレイアを人質としてアレクサンドリアに送ることを要求した。

ヘラクレス以来の神話的血統を誇るスパルタにとって、七、八十年前に成立したプトレマイオス朝の王など成り上がり以外の何者でもなかった。

これに関連する詩としては**プトレマイオス朝の栄光**[30]と**さあ、あなたはラケダイモンの王**[146]がある。

＊1　プトレマイオスの別称。

素人画家である同い年の友人によって描かれた
二十三歳の若者の肖像

昨日の午後、彼はその絵を仕上げた。
今はその細部を丹念に見ている。
描いたのはグレーのジャケットを着て
ボタンは外した姿、ベストもネクタイもなし、
バラ色のシャツの前をはだけて、
美しい胸元と首が見えている。
額の右側はほとんど髪に隠れている、
あのいとおしい髪に
（最近、髪型を変えて新しくした）。

[137]

望むとおり完璧に捉えられたと思う、
あの眼、あの唇を描いて、
特別な種類のエロティックな快楽を約束する
彼の口、あの唇を描いて、官能の色調を写すことに。

一九二八年四月十七日に印刷。

美しい若者の肖像というテーマはカヴァフィスに多い。**描かれたもの**〔52〕、**船の上で**〔89〕、**古い本の中に**〔106〕、等々。**玄関の鏡**〔148〕も鏡に映った像だが紙に描かれたものとの間に違いはない。

ある大きなギリシャの植民地で、紀元前二〇〇年

[138]

この植民地ではことがうまく運んでいない。
それはもう誰の目にも明らかだ。
いかに事態を打開しようと試みるも無駄。
おそらく(少なからぬ者が信じるように)、
政治改革を為すべき時が来たのだ。

だが問題が生じ、難問が立ちはだかる。
改革派はあらゆることに
些細な文句をつけて大騒ぎする。
(もしもこんなことが一切不要ならば

どんなにありがたかったか。）彼らはどこにでも鼻を突っ込み、
微細なことを聞きたがる。
そしてすぐに大幅な変更を思いつくが、
それにはとんでもない手間がかかるのだ。

そして彼らは犠牲を求める。
この資産を始末しろ、
保持するのは危険だぞ、
この種の資産が植民地を滅ぼすのだ、
この収入を始末しろ、
連携するあれもこれも、
この三番目のも当然のこと。
大変な負担かもしれないがしかたないのだ。
この一件がきみに負わせる責任は致命的だ、と。

彼らが調査を進めるにつれて
廃棄すべき不要のものが数限りなく見つかる。
不要であっても始末のむずかしいものが。

さて、すべてが順調に運んで彼らの任務は終った。
あらゆる細部が精査され切り刻まれて、
彼らは身を引いた(しかるべき報償と共に)。
何一つ見逃したもののない
外科手術のような効率のよさだった。

あるいは時がまだ来ていなかったのかもしれない。
あまり急ぐのはよろしくない、急ぐのは危険だ。
間の悪い処置は悔いにつながる。
不幸なことに植民地にはたしかに不合理なことが多かった。
しかし欠点のない人間がいるか。

それに、ともかく我々は事態の打開を試みはしたのだ。

一九二八年四月十七日に印刷。

古代ギリシャの都市国家は地中海の各地に植民地を作った。一例を挙げればフランスのマルセイユの起源はギリシャのフォキアの民が築いた植民都市マッサリアである。また今もよく使われる「メトロポリス」という語は「母なる都」の謂(いい)だが、植民地の民が本国を呼んだもの。

紀元前二〇〇年にヘレニズムは衰退期にあり、ローマが勃興してきた。この十年後にマグネシアの戦いがあって地中海圏におけるローマの覇権が確立した(これについては**マグネシアの戦い**[54]がある)。

政治改革はどこでも難しい。いつも誰かに不満が残る。あるいはこの詩、一九二〇年代後半のエジプトの政情を諷するものかもしれない。一九一九年のエジプト革命で独立は果たしたが、イギリス軍はそのまま駐留し、イギリスの密かな支配は続いた。

最後の諦念と詠嘆は**蛮族を待ちながら**[14]にも通ずる。

西リビアから来た王子

アリストメネス、父の名はメネラオス。
西リビアから来たこの王子は
十日間のアレクサンドリア滞在の間、
おおむねこの都会の人々に歓迎された。
名前だけでなく着るものもいかにもギリシャ風だった。
栄誉を嬉しくは思ったけれど
自らそれをせがみはせず、謙虚にふるまった。
彼はギリシャ語の本を買った、
もっぱら歴史や哲学など。
何よりもかれは寡黙だった。

[139]

そのせいで彼は深遠な思想の人と見なされた。
そういう人は多くを語らないものだから。

彼には深遠な思想などまるでなかった。
ギリシャ風の名を名乗り、ギリシャ風に装って、
本物以上にギリシャ人らしくふるまおうと努めたが、
実はただの平凡な、つまらぬ男に過ぎなかった。
野蛮なギリシャ語[*1]を口にするようなへまで
自分のよき印象を損うまいと
いつも戦々恐々としていた。
そうなったら、根が意地の悪いアレクサンドリア人は
彼をさんざからかうだろうから。

彼が喋(しゃべ)ることを極力控えたのはそのためだ。
文法と発音に精一杯気を配った。

言いたいことが身の中に溢れてきて
気も狂わんばかりだったのだが。

一九二八年八月二十日に印刷。

いかにもカヴァフィス好みのアイロニーの話。彼が詩でよくもちいるアイロニー(*ειρωνεία*)とは、知識の落差がもたらす皮肉な感慨のことである。この詩の場合、アリストメネスの心情をアレクサンドリアの人々は知らなかった。

時代設定はプトレマイオス朝が最も栄えていた時期だろう。

リビアは今のその名の国家の範囲には留まらず、広くアフリカ一般を指した。ギリシャ文化の中心からは遠いところで、それゆえにアリストメネスは強い劣等感を抱いている。

*1　ここで*βαρβαρισμός*を「野蛮」と訳したが、これは英語などで使われるbarbaricの語源で、バルバルバルと野卑な発音をする蛮族をギリシャ語を話す人々が軽蔑して呼んだことに由来する。ずっと後になって北アフリカの民をベルベル族と呼ぶとか、海岸地方をバルバリアと呼んだのはこれが元らしい。

キモン、レアスコスの子、二十二歳、
ギリシャ文学専攻の学生(キュレネにて)

「ぼくは幸福のうちに人生を終える。
エルモテリスがぼくを無二の友としてくれた
最期の日々。何の心配もしていないふりをしていたが
ぼくは見た、泣きはらした彼の赤い目を。
知っている、眠っていると思ってぼくの寝台に
彼が正気を失ったかのように突っ伏したのを。
ぼくたちは共に二十三歳という
同じ歳の若い男同士だった。
運命はしばしば裏切る。彼が情熱を他へ向け、

〔140〕

ぼくから去ることもあり得た。
だからこの最期は嬉しい。二人の仲は断たれなかった。」

マリロス、アリストディモスの子、は
一か月前に亡くなった。
追悼の詩が喪中のぼく、彼の従弟のキモンに送られてきた。
送り手はこれを書いた友だちで詩人の男。
ぼくがマリロスの縁者と知って送ってくれた。
だが彼が知るのはそこまでだ。
ぼくの心はマリロスへの悲しみで一杯だ。
ぼくたちは兄弟のように一緒に育った。
だから、ぼくは悲しい。彼の早すぎる死は
ぼくの怨(うら)みをすっかり拭い去った。
マリロスがぼくからエルモテリスの愛を
奪ったことへの怨みを。

今もしエルモテリスがぼくに戻ったとしても
以前と同じということにはならないだろう。
自分が何を感じ取るかよくわかっている。
マリロスの影が二人の間に入ってくる。
彼は言う、ほら満足だろう。
望みどおり彼は戻ったよ、キモン。
ぼくのことを怨む理由はもうないよ、と。

おそらく一九二八年八月二十日に印刷。初稿は一九一三年十二月。カヴァフィスには珍しいことに、これはほとんど短篇小説だ。はじめ愛し合っていた若い二人がいて、これがキモンとエルモテリス。もともと従兄弟同士で一緒に育った。しかしマリロスという恋敵が現れてキモンからエルモテリスを奪った。キモンには怨みが残った。

しかしマリロスは病気になって亡くなってしまう。恋人に見守られてのその最期を友人が詩にした。それを読んでのキモンの感慨がこの作品のテーマである。

383　　キモン，レアスコスの子，二十二歳，……[140]

キュレネは今のリビアにあったギリシャ都市。学者エラトステネスや詩人カリマコスの生地。

シノピへの行軍の途中

ミトリダテス、栄誉に満ち力に溢れる王にして
いくつもの大いなる都市の支配者、
無敵の陸軍と海軍の指揮官、は
シノピへの行軍の途中、
さる占い師が住むことで知られる
辺鄙(へんぴ)な一角を通過した。

ミトリダテスは一人の将校を送った、
この先、自分がどれほどの力を得られるか、
それを占い師に問わせようとして。

一人の将校を送った上で、
自らはシノピへの進軍を続けた。

占い師は秘密の部屋に籠もった。
半時間ほど後、当惑の面持ちで出てきて
将校に言った——
「なかなか全容が明らかになりませんでした。
どうも今日は不都合な日らしい。
何かおぼろな影のようなものが邪魔をする。
だが、王は今あるもので満足なさるがよいらしい。
それ以上を求めるのは危険です。
必ずこうお伝えください——
今あるものでよしとなさい、と。
未来はいきなり変化するもの。

ミトリダテス王にお伝えください、
ご先祖は高貴なお仲間に恵まれた。危機に際して、
槍の先で地面に「逃れよ、ミトリダテス」と書いて
難を避けさせたが、その幸運が御身にあると思うな、と」*1

一九二八年十二月六日に印刷。

主人公である王はミトリダテス五世エウェルギテス。黒海南岸のポントスの王にして、ミトリダテス六世エウパトールの父(この人物は**ダレイオス**「94」にちらりと登場する)。紀元前一二〇年、彼は自国の首都であるシノピで暗殺された。拡張政策に反対する妻の策謀だったという。

ここにある占い師のエピソードはおそらくカヴァフィスの創作だが、「お仲間」の件はミトリダテス二世が友人デーメートリオスに救出された故事を引いているのかもしれない。このいきさつが占いの条である。

また野望を持った王が占い師に未来を問うという話は、アレクサンドロス大王を思い出させる。彼はエジプトの砂漠の果て、シワのオアシスに行ってそこの神官に自分の未来を問い、「汝は神の子にして世界の征服者」という託宣を得る。これを機に彼の性格

は変り、何か現世を超えるような面立ちが現れたと言われる。

＊1　暗殺されたのだから幸運はなかったことになる。

一九〇九、一〇、一一年の日々

父は過労の極貧の水夫だった
(出身はエーゲ海の小島)。
息子である彼は金物屋の店員、着るものはみじめで
履いた靴はぼろぼろ、
手は錆と油にまみれていた。

何か特別なものが欲しくなる。
ちょっと値の張るネクタイ、
日曜日のためのネクタイ。
あるいは飾り窓で見て熱望する、

[142]

青いきれいなシャツを。
すると彼は、夜、店が閉じてから
半クラウン銀貨一、二枚で身を売る。*1

私は自分に問う、壮麗な古代アレクサンドリアに
かくも美貌の、かくも完璧な少年はいたか、と。
彼は自分にふさわしい処遇を受けていない。
彫像も肖像画も作られないままに、
みすぼらしい金物屋でこきつかわれ、
いじめられ、安っぽい放蕩（ほうとう）のうちに
その美貌はすり切れる。

一九二八年十二月六日に印刷。
この日付に特に意味はない。

若い日の美貌が失われるというのはカヴァフィス好みのテーマの一つだった。時にはスケッチに残され、時には一瞬だけ鏡に映るが、しかしたいていは見た者の記憶の中に留まるのみで、それも歳月と共に薄れてゆく。

＊1　**二人の若い男、二十三ないし二十四歳**［131］と同じレートで換算すれば半クラウン銀貨一枚は二千五百円である。

ミリス、アレクサンドリア、紀元三四〇年

ミリスが死んだという恐しい報せを聞いて
ぼくは彼の家に行った。普段ならば
キリスト教徒の家には足を踏み入れない。
葬儀や祝祭の日となればなおさら。

回廊に立ったぼくは
その先に進むのを控えた。
遺族たちがあからさまな
困惑と不快の目でこちらを見ていたから。

[143]

彼は広い部屋に安置されていた。
回廊の隅の方に立ったぼくの目に
敷き詰められた高価な絨毯や、
金銀の装飾が見えた。

ぼくは回廊の隅で泣いた、
そして思った、ミリスがいない今、
宴会も遠足も何の意味もなくなってしまったと。
夜を徹してのあのすばらしい
不品行の数々ももうありはしない。
彼はよく笑ったし、完璧な
ギリシャ語のリズムで詩を朗唱した
ぼくがあんなに夢中になって憧れた
美しさはもうない。
若い友人は永遠にいなくなってしまった。

近くにいた老女たちが
彼の最期の日のことを低い声で話していた。
彼は十字架を手に握り、何度となく
キリストの名を口にしたそうだ。
その後で四人のキリスト教の司祭が入ってきて
イエスに向けた祈りの言葉を、あるいはマリアか
（ぼくはこの宗教についてほとんど何も知らない）
熱意を込めて唱えた。

言うまでもなく、ぼくたちは
ミリスがキリスト教徒だと初めから知っていた、
おととし彼がぼくたちの仲間に入ったその時から。
だけど彼はぼくたちと同じように生きたのだ。
誰にも負けずに快楽に身を捧げ

遊び事には散財をためらわなかった。
人にどう思われようと気にしなかった。
夜の路上で対抗する連中と出会って
乱闘になったような時、
彼は先頭に立って暴れた。
自分の信仰のことは一切話さなかった。
一度などぼくたちは彼を
セラペイオン詣[*1]でに誘ってみた。
しかし、今も思い出すのだが、
彼はぼくたちの冗談を受けつけなかった。
思い出すことは他にも二つほどある。
ポセイドンへの献酒に行った時は
彼は仲間の輪を離れてそっぽを向いていた。
ぼくたちの一人が何かで興奮して
「我ら一人残らず、至高至善なるアポローンの

愛顧と加護を受けられますように」と口走った時、
ミリスは人に聞かれぬよう囁（ささや）いた、
「俺は除けておいてくれ」と。

キリスト教の司祭たちは朗々と
若い死者の魂のために祈りを唱えた。
彼らは自分たちの信仰の定めるままに
精魂込めて、細部にまで心を注いで
キリスト教徒の葬儀を執り行っていた。
その熱意はぼくにもわかった。
そこで突然、ぼくは奇妙な思いに捕らわれた、
漠然とではあるが、ぼくはまるで
ミリスが自分から去っていくように感じたのだ。
キリスト教徒である彼は*2
身内の人々とつながっている。

ぼくは今はまったくの他人でしかない。
更なる疑いが湧いた、彼は最初から他人だった、
ぼくが自分の熱情に目がくらんでそれに気づかなかったのだと。
ぼくはこの恐しい家から走り出した。
自分の中のミリスの思い出が捕らえられ、
キリスト教徒によって歪められるのを怖れて。

一九二九年四月十九日に印刷。

カヴァフィスが刊行した詩の中ではこれがいちばん長い。そのため、ほとんど短篇小説のようなストーリー性を持っている。

紀元三四〇年は政治的にも宗教の面でも混乱の時期であった。コンスタンティヌス大帝の息子たちの争いはコンスタンティウスの勝利に終り、アタナシウス派とアリウス派の論争は後者がローマから放逐される結果になった。

新興のキリスト教と古いローマの神々への信仰の確執はカヴァフィスが好んだテーマで、この詩の時代から約二十年後にローマの神々への回帰を計った「背教者」ユリアヌ

スについてはいくつもの作品がある。

＊1　これについては**セラペイオンの神官**[124]を参照のこと。キリスト教徒から見ればまさに邪教である。

＊2　幸福の源泉である何かが去ってゆく、という形で不幸を表現するのをカヴァフィスは好んだ。いちばんよい例は**神がアントーニウスのもとを去る**[28]である。

〔144〕 アレクサンドロス・イアナイオスとアレクサンドラ

完璧な成功に心から満足して、
国王アレクサンドロス・イアナイオスと
妻のアレクサンドラ王妃は
楽隊を先頭に立て、
あらん限りの栄光と豪奢のうちに
エルサレムの市街を進み行く。
ことを始めたのは偉大なるユダス・マカバイオスと
四人の名も高きその弟たちで、
その事業がまこと多くの障害や危難を
勇猛果敢に乗り越えて

今こそ申し分ない形で成就した。
すべては納まるところに納まったのだ。
傲慢なアンティオキアの君主に
へつらう日々は終った。
国王アレクサンドロス・イアナイオスと
妻のアレクサンドラ王妃は
セレウコス朝の面々と対等になった。
善きユダヤ人、純血のユダヤ人、なによりも献身のユダヤ人。
もしも状況が要求するならば彼らは
高雅なギリシャ語を流暢(りゅうちょう)に操り
ギリシャ人の君主やギリシャ化した君主と
にこやかに語らうこともできる。もちろん対等という点が大事なのだが。
偉大なるユダス・マカバイオスと
四人の名高き弟たちが始めた事業は、
かくして申し分ない形で成就した、

正に最も目覚ましい形で。

一九二九年七月十九日に印刷。

テーマは古代ユダヤ史である。アレクサンドロス大王の死後、その広大な帝国は彼の将軍たちによって三つに分割され、シリアはセレウコス朝の支配下に入り、ユダヤもその領土となった。ユダヤ教弾圧に抗して叛旗を掲げたのがユダス・マカバイオス(聖書ではユダ・マカバイ)とヨナタンやシモンなどの弟たちだった。シモンの孫のアリストブーロスの弟がこの詩の主人公であるアレクサンドロス・イアナイオスであり、成就した事業とは祖父の兄にあたるユダス・マカバイオスが始めたユダヤの独立である。

この長い戦いの過程でユダヤ人がローマに支援を求めたこともあって、ローマ皇帝ポンペイウスがセレウコス朝を滅ぼした後、ユダヤは傀儡(かいらい)政権に統治される属州になった。イエス・キリストが生れた時にヘロデ王と共にローマ総督ポンテオ・ピラトが統治に当たっているのはそのためだ。

関連する作品としては、彼らの何世代か後の内紛を扱った**アリストブーロス**[79]がある。

よく似合う白いきれいな花

二人でいつも一緒に行ったカフェに彼は入った。
ここで、三か月前、友人がこう言った――
「ぼくたちは完全に破産だ、二人とも無一文、
どうしようもなくて、こんな安っぽい店に来ている。
きみとはもう遊び歩けない、隠してもしかたのないことさ。
実は他(ほか)の奴から誘われているんだ」
その「他の奴」は友人に二着の背広と絹のハンカチを約束した。
彼の方は友人のために二十ポンド[*1]を工面した。
友人は戻ってきたが、それは二十ポンドのためだけでなく、
長い親密なつきあいのため、

[145]

二人の間にあった愛と感情のためだった。
「他の奴」は嘘つきで嫌な男だとわかった。
背広をあつらえてくれたのも一着だけ、
それだって何度も言ってようやくのことだ。

でも友人はもう背広が欲しいとは言わない。
絹のハンカチもいらなくなった。
二十ポンドはもちろん二十ピアストルだって不要。

日曜日、午前中に彼を葬った。
日曜日に葬ってからもう一週間近くになる。

粗末な棺の上に花を置いた。
白いきれいな花は友人によく似合った。
二十年の生涯によく似合った。

この晩、彼がカフェに行ったのは商売のためだった。
稼がなくてはならないし、カフェはそのための場。
だがそこは二人が会っていたカフェだった。
心臓にナイフを突き立てられたような気がした、
その寂（さび）れたカフェが二人が会う場所だったから。[*2]

一九二九年十月三日に印刷。

テーマは若い同性愛者たちの、普通の男女の仲とはおそらく別の原理による関係。愛に金銭が絡む。二つは切り離されてあるのではなく、女郎にとっての客と間夫（まぶ）とは異なって、相互に流動的であるらしい。彼らの売春が組織化されていないからかもしれない。カヴァフィスの官能詩篇に社会性が無粋な影を落とすことはない。

このカフェが安っぽいとは、ここが同性愛者たちの出会いの場として底辺に位置するという意味だろう。二人で来た時は語らいの場だが、一人で来るのは商売のためなのだ。

＊1　四十万円。

＊2　最後の聯、原文は四行だが訳はどうしても五行にしないと収まらなかった。

さあ、あなたはラケダイモンの王

クラティシクレイアは自分の涙や嘆きを
決して他人に見せなかった。
静かな面差しは
悲しみや苦痛を漏らしはしなかった。
それでも、たまさか思いを抑えかねる時がある。
自分をアレクサンドリアに運ぶ忌まわしい船に乗る前、
彼女は息子をポセイドンの神殿に連れ出し、
二人だけになった時に
(彼の方は「困惑して」、「震えていた」
とプルタルコス[*1]は言う)

[146]

息子をやさしく抱いて口づけした。
だが、そこで彼女の気丈な性格が復帰した。
威厳を取り戻したこの健気な女性は
クレオメネスに言った、「さあ、あなたはラケダイモンの王。
ここを出る時には、
涙もスパルタらしからぬ
ふるまいも見せぬよう。
そこまでは私らの力の及ぶ範囲です。
その先のことは神々の手の中にあるとしても」
そう言って彼女は船の方へ、「神々の手の中にある」ものの方へ、歩み出した。

一九二九年十月二十六日に印刷。
これは**スパルタで**[136]の母と息子の場面の続きである。プトレマイオスの要求によって人質としてアレクサンドリアに行く母クラティシクレイアと、見送らざるを得ない息子クレオメネス。ラケダイモンはスパルタの別称。

史実では、クラティシクレイアは彼女の息子に好意的だったプトレマイオス四世の死後、王位継承者によって処刑された。

＊1　引用はプルタルコス『英雄伝』の「クレオメネス」の巻から。

同じ場所に

家々のたたずまい、カフェ、近隣のようす、
あの何年かの間に、見たもの、歩いたところ。
私は幸せな時の、また悲しい時の
できごとや細部を積み上げて君を造った。
だから君のぜんたいが私の感情になった。

一九二九年十二月九日に印刷。

〔147〕

「君」とは思い出そのものだろうか。再訪がそれをもたらしたのか。

カヴァフィスの官能詩篇には過去の幸福を思い出すもの、あるいはその瞬間を再現したいと願うものが多い。

ちなみにこの詩を書いた時、詩人は六十六歳だった。亡くなるのは四年後である。

玄関の鏡

その富裕な家の玄関には
とても古い巨大な鏡があった。
少なくとも八十年以上前に買われた品。
一人の美しい少年が(洋服屋の店員で、
日曜日にはアマチュア運動家)
包みを手にそこに立った。家のものが受けとり
預り証を取りに中へ入った。少年は
一人そこで待った。
そして鏡のところへ行き、

[148]

映った自分を見て
ネクタイをなおした。五分たって
預り証は手渡され、彼は帰っていった。

しかし、その長い生にさまざまなもの、
幾千もの顔と物を
見てきた古い鏡は
今、喜びに満ちた。
つかの間、完璧な美を映して
それを誇らしく思った。

一九三〇年二月三日に印刷。
これも若者の美貌がテーマだが、紙の上に描かれるのではなく、鏡に映るというところが一工夫。数分の出来事を扱うという点で映画的であり、視点を変えて鏡の側の思いを書くのがおもしろい。

彼は品質を訊ねた――

彼は職場を出た。
つまらない、給料もごく安い事務職だった。
（ボーナスも入れて月に八ポンドばかり）
うんざりするような雑務に
一日中縛られていたのだ[*1]。
七時になって解放されて
街路をゆっくりと歩いた。人目を惹くほどの
美青年。今、官能的な魅力の
頂点にあることが一目でわかる。
一か月前に二十九歳になったところ。

［149］

彼は表通りをぶらぶら歩いて
自宅に向う脇道に入った。

通りかかったのは
労働者に安っぽい
ちゃちな雑貨を売る小さな店。
店内に見えた顔に、姿に、誘われて、
とても逆らえずに中に入り、
色染めのハンカチを選ぶふりをした。

彼はハンカチの品質を訊ね、
値段を聞いた。欲望で喉がつまり
ほとんど声も出なかった。
同じ口調で答えが返ってきた。

心乱された、かすれた声が
ひそかな同意を伝えた。

二人は商品についてずっと話を続けた。
しかし目的は一つ、ハンカチ越しに
手と手を触れ合わせること、
偶然のように顔と顔、唇と唇を近づけること。
短い合間の身体と身体の出会い。

すばやく、こっそりと、後ろの方に坐(すわ)っている
店主に気づかれないように。

一九三〇年五月十五日に印刷。
同性愛者同士の出会いが主題だが、異性愛ではこんなにドラマチックにはならない、

というのはぼくの偏見か。彼らの場合は同類であると互いに識別するだけで仲が始まるようなのだが。いや、やはり美貌が力を貸しているか。

＊1　カヴァフィスは隠退するまで三十年間に亘(わた)って、エジプト政府の灌漑局で英語の通信文を担当する官吏だった。その記憶があるかもしれない。

少しは気を配って

[150]

わたしは破産して家まで失った。
アンティオキア[*1]というこの致命的な町が
わたしの金をすっかり食ってしまった。
贅沢三昧（ぜいたくざんまい）のこの致命的な町が。

しかしわたしは若くてとことん元気だ。
衆に抜きんでたギリシャ語の達人で、
アリストテレスとプラトンに精通し、
詩人や雄弁家、その他たいていの本は読んできた。
軍事技術にも一家言あるし、

傭兵の指揮官たちの間にも友人がいる。
行政の世界に足がかりを持っていて、
去年は半年をアレクサンドリアで過した。
だからあそこの事情にはとても詳しい。
カケルギテス[*2]の陰謀、汚い手口、等々のことはよく知っている。

それ故にわたしは自分がこの国、
父なるシリアにとって
役に立つ人物であることを疑わない。

どんな仕事を与えられても、国のため
精いっぱい努力する用意がある。
しかし、もしも奴らが小細工を弄するならば
(言うまでもなく小賢しい連中なのだ)
もしもわたしを受け入れないなら、その責は奴らの側にある。

まずはザビナス[*3]に接近しよう。
もしあの知恵足らずに拒まれたら、
いつも張り合っているグリポス[*4]の方に行こう。
仮にもあの愚鈍がわたしに背を向けるなら、
まっすぐヒルカノス[*5]のところに駈け込もう。

三人のうちの誰かがわたしを採用するだろう。

三人の誰がわたしを選ぼうと
わたしの良心は痛まない。
シリアに害を為す点では三人とも同じだから。
どうかこの破滅した男を責めないでほしい。
わたしは帳尻を合わせようとしているにすぎない。

もしも全能の神々が少しは気を配って
第四の人物、高潔な人物を創造していたら
わたしは喜んでその人物に従ったものを。

一九三〇年七月八日に印刷。

主人公は架空の人物だが、時代は紀元前一二八年から一二三年の間と限定される。アレクサンドロス大王の広大な領土はプトレマイオス朝のエジプトと、セレウコス朝のシリア、アンティゴノス朝のマケドニアの三つに分裂したが、これはその約二百年後の話である。内紛と干渉と陰謀は政治の常だから、主人公がふてくされるのも無理はない。

＊1　シリアの首都。

＊2　この時期のエジプトの王プトレマイオス八世のこと。「善行者（エウェルギテス）」と名乗ったが当然すぐに「悪行者（カケルギテス）」とか「太鼓腹（フィスコン）」という異名がついた。この王朝は同じ名前が多いので王や女王はあだ名で識別された。

彼の息子プトレマイオス九世「救い主」あるいは「ラティロス（ひよこ豆）」については**アカイア同盟のために戦った人々**［104］を参照。

＊3　アレクサンドロス・バラスの息子とされるアレクサンドロス。ザビナスは奴隷の意。彼はプトレマイオス八世の援助で王座に就いた。
　アレクサンドロス・バラスについては**デーメートリオス・ソーテール（前一六二～一五〇）**[90]や**アレクサンドロス・バラスの寵児**[98]を参照のこと。
＊4　セレウコス朝のアンティオコス八世。異名のグリポスはかぎ鼻の意。ザビナスを暗殺した。
＊5　ユダヤの王。前二者の争いで漁夫の利を占めた。
　その父シモン・マカバイオスについては**アレクサンドロス・イアナイオスとアレクサンドラ**[144]を参照。

古代ギリシャ＝シリアの魔術師の処方を使って

美を愛するさる人物が言う――「何か方法はないか、
霊験のある薬草の成分などを蒸留して、
それも古代ギリシャ＝シリアの
魔術師の処方などを使って、
たった一日でも（薬効は長くは続くまいから）、
あるいはせめて数時間でも、
わたしが二十三歳だった時の、
あの二十二歳の友人の
美と愛を呼び戻せないものか。

〔151〕

古代ギリシャ＝シリアの魔術師の処方を使って
蒸留した霊薬で過去へと遡り、
わたしたちが一緒に暮した
あの部屋へ戻れないものか」

一九三一年二月二十三日に印刷。
これも過去の幸福な時への帰還を願う詩。
ギリシャ文化圏にも魔法はあったが、それにシリアを加えることで神秘感は強まる。
秘儀は東から来る。

紀元前二〇〇年に

「フィリポスの子アレクサンドロス、ならびに
すべてのギリシャ人、但しラケダイモンの民を除く[*1]……」

碑文に書かれた「但しラケダイモンの民を除く……」という一節を
スパルタ人がまるっきり無視したことは
容易に想像できる。
スパルタ人は有能な召使いのように
連れ回されたり命令されたりはしない。それに
全ヘレネスがまとまって遠征に赴く（おもむ）というのに、
率いるのがスパルタの王でないなどという話、
彼らがまともに聞くはずがない。

[152]

だから、当然、「但しラケダイモンの民を除く……」となる。
それもまた一つの考えである。理解できなくはない。

その結果、グラウコスの戦いで、またイッソスで、そしてまた
ペルシャ側が結集した恐るべき軍勢を
アルベラ[*2]で一掃した決定的な戦いにおいても、
「但しラケダイモンの民を除く……」だったのだ。
ペルシャ軍は勝利を求めてアルベラから撃って出て、
一掃された。

この全ヘレネスがまとまった目覚ましい遠征から
全面的な勝利を誇る、輝かしい、
あらゆる賞讃に値する、
栄光に充ち満ちた、

我ら自身の比類なき姿が立ち現れた——
すなわち偉大なるヘレネス世界が。

我らは、まずはアレクサンドリア人であり、
またアンティオキア人であり、その他
エジプトやシリア、メディアやペルシャ、その他、
数えきれないほどの諸地域の民だが、しかしギリシャ人なのだ。
我らの圧倒的な優越性、
柔軟な政策と、叡智による統一感、[*3]
遠くバクトリア[*4]やインドまでも通用する
普遍語としてのギリシャ語。[*5]

今、ラケダイモンの民のことなど誰が口にしよう！

初稿はおそらく一九一六年の六月。一九三一年九月十日に印刷。時間的に二重構造になっている。

アレクサンドロスがペルシャに勝利した時、「ヘレネスの民」ことギリシャ人は、都市国家同士の争いを捨てて一つにまとまった。「全ヘレネス」とはそういうことで、古い栄光にしがみついて出遅れたスパルタ人は消えていった。それを表すのが最後の行。

その百三十年後の紀元前二〇〇年、古い栄光にしがみついて消えようとしているのは「全ヘレネス」である。

この三年後にはアレクサンドロスの末裔であるフィリポス五世がキノスケファラエの戦いでローマ軍に殲滅(せんめつ)される。十年後には大王と呼ばれたアンティオコス三世がマグネシアで敗北し、ヘレニズム世界は終焉する。

紀元前二〇〇年になって過去の栄光に執着する者は、スパルタ人と同じように歴史から消えてゆく、というのが詩の主題。

この時期に彼らがいかに力を失っていたかを知るには**ある大きなギリシャの植民地で、紀元前二〇〇年**[138]が役に立つし、十年後の敗戦については**マグネシアの戦い**[54]が参考になる。

＊1　紀元前三三〇年、大王アレクサンドロスがペルシャを征服した際にアテネに向けて送り出した戦利品に添えられた文書の一節。ラケダイモンはスパルタの異名。

＊2　グラウコス、イッソス、アルベラはアレクサンドロスがペルシャ軍に勝った戦場。

＊3　空疎な讃辞の羅列である。

＊4　今のアフガニスタンの北、ウズベキスタンの南に位置したサトラップ領。

＊5　これだけは真実だった。ギリシャ語はこの後も長く、広い範囲において普遍語として用いられた。東ローマ帝国の公用語はラテン語だったがギリシャ語の方が広く用いられた。

一九〇八年の日々

その年、彼は失業していた。
金を賭けたトランプや双六[*1]で稼ぎ、
あとは借金で凌(しの)いだ。

小さな文房具屋で
月に三ポンド[*2]で働かないかと言われたが、
一瞬のためらいもなく断った。
それは無理だ。二十五歳になって
それなりの教育もある自分がその給料では。

［153］

一日に二シリング。たまに三シリング勝つ日もある。
自分の身分に合わせれば行く先は労働者の集るカフェ、
そこで知恵を絞って勝負しても、せいぜい相手に馬鹿を選んでも
トランプと双六でそれ以上は望めない。
借金の方はもっと悪かった。
一クラウン[*3]は稀で、たいていはその半分以下。
たった一シリングということもあった。

夜を徹しての疲れるゲームが
一週間かそれ以上も続くと、
朝、水浴に行って身体を冷やした。

着るものはひどいありさま。
とことん色褪せたシナモン色の上着を
いつも身にまとっていた。

一九〇八年の夏に
シナモン色という趣味は、
とあなたは思うだろう。

あなたは別の彼を見るべきだ。
みっともない上着を脱いで、
継ぎの当たった下着も脱ぎ捨てた、
一点の瑕瑾もない全裸の姿、その奇蹟、
櫛を入れてない髪を後ろに流し、
少しだけ日に焼けた手足で、
浴場や砂浜に立つ朝の裸体を。

最初に書かれたのはおそらく一九二一年。一九三二年十一月十七日に印刷。

まるで短篇映画のような作品。生活に困る姿、職を断り、流行遅れの上着を着て夜のカフェで稼ぐ。そして最後の場面で本来の姿を見せる。

＊1　バックギャモン。ギリシャのカフェで男たちはカード・ゲームかチェスかバックギャモンで暇をつぶす。アレクサンドリアでも同じだったのだろう。

＊2　この時期のエジプトはイギリスの支配下にあったから通貨もイギリス式。一ポンドは二十シリング。彼はほぼ同じ額をゲームで稼いでいたことになる。

＊3　五シリングに当たる。

アンティオキアの郊外で

ユリアヌスが何をしようとしているのかを聞いて
我らアンティオキア[*1]の住民は驚愕した。

ダフネでアポローンが余に言われるには、
神託は告げられないと(我らにとってはどうでもいいこと)。
神は予言を語らないと言われる、
ダフネの神域が浄められないかぎり、
このあたりの死者どもの汚れから。

ダフネにはたくさんの墓所がある。

[154]

ここに埋葬されたうちの一人は
聖なる勝利者にして殉教者たるヴィヴィラス。[*2]
すなわち我らが教会の驚異にして栄光であるお方。

偽の神が彼に言ったのはこの方のことだから彼は恐れた。
遺体がここにあるかぎり、
アポローンは神託を口にしない、一言も。
(偽の神々は我らの殉教者を恐れている。)

瀆聖(とくせい)のユリアヌスは行動に出た。
怒り狂って大声を上げた、「掘り出せ、運び出せ、
今すぐ遠くへ持っていけ、このヴィヴィラスを。
そこの者、聞いているのか、アポローンが忌まわしいと言われる。
たった今、摑んで引き上げろ。
掘り出して、どこへでも持っていけ。

遠くへ運んで投げ捨てろ、わたしは本気で言っているのだ。
ここを浄めよ、とアポローンは言っておられる」

我らは聖なる遺骸を掘り出して運んだ。
愛と名誉を込めてお運びした。

その後で神殿は素晴しい末路を辿った！
すぐ後で大きな火事に見舞われたのだ。[*3]
恐しい大火であった。
神殿もアポローンも共に焼尽した。

偶像は灰となり、他の塵芥と一緒に捨てられた。

ユリアヌスは憤慨して言った、
キリスト教徒どもが放火しおった、と。

（そう言う以外に彼に何ができたか？）言わせておこう。
証拠は何もない。言わせておこう。
意味あるのは彼が憤慨したことだ。

一九三二年十一月から翌年四月までに書かれた。印刷屋に渡す準備をしていたにも関わらず、公刊は死後の一九三五年の版が最初。詩人が公開を認めた「正規詩篇」に含まれる。

ギボンの『ローマ帝国衰亡史3』（ちくま学芸文庫）にこの事件の詳細がある。

＊1　セレウコス朝シリアの首都。近くにダフネという地があり、ここはアポローンに追われた乙女ダフネが月桂樹に変身した場所とされていた。その木が実在し、アポローンの神殿もあったという。ギボンによれば、「年中絶えない巡礼や見物人の参集は、知らず識らずのうちにこの神殿の付近に立派な賑やかなダフネ村を作った」のであり、「その壮麗においては首都に劣らなかった」。しかしユリアヌスが来た時、「祭壇は荒れ果て、神託はすでに長い以前から沈黙せしめられており、そして聖域はクリスト教の建物や葬式によって汚されていた」。

＊2　聖バビラスの名で知られる、アンティオキアの司教にして殉教者。ユリアヌスの異母の兄、ガルスの命によってここにこの聖者の墓所が造られ、教会が建立された。

＊3　三六二年十月二十二日のこと。

解　説

池澤夏樹

総　説

コンスタンティノス・カヴァフィスは一八六三年にエジプトのアレクサンドリアで生れて一九三三年にアレクサンドリアで亡くなった（ギリシャ語では Καβάφης だが英語などでは Cavafy と綴られる）。

同時代の詩人を探せば例えばライナー・マリア・リルケ（一八七五～一九二六）が生きて書いた時期が重なる。日本でなら島崎藤村の人生がちょうど十年ほど遅れている（一八七二～一九四三）。

文学史においてカヴァフィスは孤立している。ヨーロッパ文学の潮流と無縁であるだけでなく、一八二九年に近代国家として独立したギリシャの詩人たちとも没交渉だった。

ギリシャ本土にも最晩年に病気治療のため行ったくらいで、その生涯のほとんどをアレクサンドリアで過した。ジェイムズ・ジョイスにとってダブリンが必須のトポスであったのと同じで、この特異な都市は彼の盟友であった。彼の詩の多くはここを単なる舞台以上のもの、むしろ主題としている。

歴　史

彼が書いたのはアレクサンドリアの現在ではなく過去だから、この都会の歴史は彼の詩を読むのに必須の知識である。

ＢＣ三三二年に大王アレクサンドロスが地中海沿岸に開いた都市であり、彼の死から三百年ほどの間はプトレマイオス朝エジプトの首都だった。女王クレオパトラはここに君臨したし、古代世界でもっとも規模の大きい大図書館もあった。ヘレニズムの拠点であり、衰退したギリシャ本土よりずっと高い文化を実現していた。『ダフニスとクロエー』や『レウキッペーとクレイトポーン』など世界で最初の大衆小説はここで誕生した。盛時の栄光とそれに続く長い退廃はカヴァフィスの詩の主題の一つである。

ＢＣ三〇年、プトレマイオス朝はローマ帝国に滅ぼされてその属国となった。やがてローマ帝国は東西に分かれ、六四一年にエジプトはイスラム教徒の支配下に入ったが、アラビア人は海には関心がなく、港湾都市アレクサンドリアは廃れた。十六世紀からオスマン帝国の属領になり、三百年後、ここの価値に気づいたヨーロッパ列強の争奪の的となる。ナポレオンの軍隊が上陸し、それをイギリス軍が駆逐して、エジプトは英領になった。

この時期からナイル・デルタは綿花の栽培で産を成した。その積み出し港がアレクサンドリアであり、それを取り仕切ったのはギリシャ系の商人だった。

つまりアレクサンドリアは古代以来の長い盛衰の歴史を持ち、十九世紀半ばには多くの民族と言語が混じり合う国際都市として栄えていたということになる。

伝記的事実

コンスタンティノス・ペトルー・カヴァフィスは一八六三年四月二十九日にアレクサンドリアで生れた。

九人の子供の末子であったが、そのうちの二人は彼が生れた時にはもう死亡していた。家は裕福な貿易商で、もともとの本拠はコンスタンティノープルにあった。父はしかしイギリスに長くおり、結婚後もすぐまたイギリスに渡って数年をロンドンやリヴァプールで過し、イギリスの市民権を得ている。兄たちの中にもそれを継いでイギリス各地の支店を維持したり新しく商売をはじめたりした者がいるなど、この大国との関係は深かった。

一家がアレクサンドリアに移住したのは詩人が生れる八年前である。当時ナイル・デルタで作られる綿花はほぼ全面的にアレクサンドリアに住むギリシャ人の商人たちの手で輸出されていた。この中にはサルヴァゴス家やベナキス家のような富豪が少なくなく、カヴァフィス家も新顔ながらそれに次ぐ地歩を占めていたようだ。この小さな社交界の中で彼らはそれなりの敬意を受けていた。

しかし一八七〇年に父が死ぬと一家の財政は速やかに崩壊した。生前の父の浪費癖、二十歳になったばかりの長兄以下七人の子供たちの未熟と母親の世間知らず、それに二、三の投機の失敗で一家はたちまち困窮し、再びイギリスへ移住する。だがそれも長くは続かず、数年後にまた投機に失敗したこともあって、母と幼い子供たちは一八七七年アレクサンドリアに戻った。生計はカイロ、コンスタンティノープル、ロンドンなどに散った兄たちの送金によって維持されたらしい。詩人は要するに déclassé（没落階級）の末子として育ったわけだが、アレクサンドリアにいれば知人は多く、いろいろな援助もあり、食べるに困るところまではいかなかったのだろう。社会的地位も維持された。

一八八二年、アレクサンドリアではナショナリズムのたかまりと外国資本の専横をきっかけとしてアラブ系の住民と外国人の間に衝突が起った。イギリスは軍艦を送りこんで強引にこれを鎮圧し、以後積極的な占領政策に入るのだが、この時期に一家はほかの外国人に倣ってしばらくコンスタンティノープルに難を避けている。戻った後、詩人は亡くなるまで、短期の旅行を別にすれば、アレクサンドリア以外のところで暮したことはない。

若い頃から詩を書いていたようで、一八八六年にその一部を私的かつ小規模に刊行したが、これらの作は後に詩人自身によって破棄され、彼自身が公刊を認めて印刷した詩篇百五十四篇の中で一番早いものには一八九六年の日付がある。彼は三十三歳だった。

発表の方法としてはほぼ一貫してパンフレットないし一枚物の形で知人に配ることにとどめ、後から手を入れる場合には彼らのあいだをまわって手で直したり、もう一度刷りなおして前の版と交換したりしている。非常に狭い交友圏の中で発表した作のすべてをずっと管理下に置いていたわけで、そのためか彼の詩のトーンは最初から完璧な形をとって現れ、以後数十年まったく変らなかったかに見える。この稀有な完成度は彼の詩の魅力を考える時に無視できない要素である。

言語

カヴァフィスが詩作に用いた近代ギリシャ語について。

言うまでもなくギリシャ語は古代にすでに文学の言葉として完成していた。仮にこれを三つの段階に分けるならば、まずホメロスの古雅なギリシャ語があり、次にアイスキュロスやエウリピデスの古典期の成熟したギリシャ語、それが少し爛熟したプトレマイオス朝アレクサンドリアのギリシャ語（例えばカリマコス）になり、そこから今も広く読まれる旧約聖書のギリシャ語訳（通称「七十人訳聖書（セプトゥアギンタ）」）が作られた。

その後は文学的には見るほどのものはない。東ローマ帝国のギリシャ人はもっぱら官僚であり実業家であって詩人ではなかった。

ギリシャは一八二九年に西欧諸国の支援を受けてトルコから独立して近代国家になった。この時、彼らには古代ギリシャの栄光を再現するという野望を抱いて、これを「メガリ・イデア（大いなる理想）」と呼んだ。いずれは現トルコの領土を奪還し、イスタンブールをコンスタンティノープルに戻すというおよそ実現性のない夢想ないし妄想で、一九二三年の小アジア侵攻の失敗で完全に消滅した。

この野望の一環として古代のギリシャ語を再現して日々の生活に用いようという運動があった。実際に使われていた言葉をディモティキ(民衆語)と呼び、これに対して古代語を範とするカタレヴサ(純正語)を作って広めるというもの。語彙で言えばラテン語やイタリア語、トルコ語などからの外来語を排除して古代の言葉を用いるし(例を挙げれば、魚はプサリではなくイクトゥスとか)、文法も古代に近づける。実際に法律や議会、裁判所、大学など権威を要する場ではこちらが用いられた。日本語でなら『聖書』の文語訳と口語訳くらいの違いと大雑把には言える。民族主義に基づく復古を旨とする一九六七年からの軍事政権の時代には学校教育で強制されたりした。

軍事政権が倒れた二年後の一九七六年、カタレヴサは完全に廃止された。一九七五年にアテネ大学の予科で近代ギリシャ語を学んだぼくはカタレヴサも教えられた最後の世代ということになる。

この言葉には生活感がない。結局のところは古代コンプレックスの産物である。こんなことを書いたのは、カヴァフィスが初期にはカタレヴサに近い語法で詩を書いていたからである。それでは思いを表現できないと知ってディモティキに近づけた。彼が何度となく詩稿に手を入れた理由の一つはここにある。

(「カタレヴサ」は日本語では「カサレヴサ」と表記されることが多いが、ここでは

「カタルシス(浄化)」と同じ語源を持つことを示すためにこちらを用いた。)

普及

カヴァフィスが世に知られぬままに終る可能性は大きかった。まず彼は現代ギリシャ語という比較的勢力にとぼしい言語に依る詩人である(今日この言語を用いる人口はおそらく一千五百万を出ないだろう)。第二に彼はアレクサンドリアという、古代にこそ学芸の中心であったが近代に至っては二流の商業都市にすぎなかった町で詩を書き、パリともロンドンとも、いやアテネとさえ、ほとんど無縁であった。

第三にこの頑固な詩人は作品を雑誌などに発表することを拒み、その詩の多くは私家版のパンフレットの形で、アレクサンドリアのギリシャ知識人社会という極度に限定された文化圏に、時おり百部ないし二百部という少量配られたにすぎなかった。

第四に彼は流派を作らなかった。晩年になって彼を慕う若い友人が増えたことは事実だが、カヴァフィスの流れを直接に汲むという詩人は現代ギリシャ文学史にはいない。ボードレールが、エリオットが、朔太郎が影響力の傘を大きくひろげ、幾多の亜流を生んだようには、カヴァフィスは航跡を残さなかった。詩人の資質そのものが嫌でも彼に孤高を強いた。

これらの借方勘定に対して貸方に記入できることは一つしかない。彼の書いた詩そのものである。詩人の生存中ほとんどみずから流布を拒否しているかのようにふるまっていた彼の作品群は、やがてそれ自身の放つ光によって世界文学の舞台に引き出された。何人かの慧眼の士が彼を西欧圏に紹介しようとつとめた。

そのはじまりは第一次大戦中のアレクサンドリアで実際に詩人と親交のあったＥ・Ｍ・フォースターで、文学史的に正確な評価をくだして読者と研究者の数を増したのはオックスフォードの碩学（せきがく）モーリス・バウラだった。一九四九年に出された『創造的実験』の中でバウラはアポリネール、マヤコフスキー、パステルナーク、エリオット、ロルカ、アルベルティなどと並べてカヴァフィスを論じている。

そしてこれら外の世界での紹介と評価に一歩先んじる形で、ギリシャ語圏でも彼の名は近代ギリシャ文学で最も重要な詩人としての地歩を得るに至った。近代ギリシャという若い国が国民詩人を要請するのに応えて登場したソロモスやパラマスとは対照的に、一時代後のカヴァフィスは文学そのものの普遍的な尺度で読者と研究者を生んだ。はじめは彼の周囲にいた人々がその思い出を語るにとどまっていたが、ペリディスやツィルカスの本格的な研究書もやがて出た。ノーベル賞詩人セフェリスもカヴァフィスについていくつか論を書いている。

翻訳は英語では数種あり、フランス語はユルスナールが手がけている。西側世界の知識人には彼の詩は教養の一部となり、クッツェーが自作に『夷狄を待ちながら』というタイトルをつければ出典はカヴァフィスとわかる人は少なくない。

再び伝記

さて、伝記に戻れば、彼は一八八九年、二十六歳の時にエジプト政府の灌漑局第三課に無給の職員として就職した。このようなことは当時のエジプトでは珍しくなかったようで、有給になるのは三年後のことだ。これ以前、彼はジャーナリストを志望したり、兄たちの商売を手伝ったり、ブローカーの真似をしてみたりしたが、どれもものにはならなかった。この後の三十年間、詩人は灌漑局第三課でもっぱら得意な英語を利用して通信業務にあたった。極めて地味な小官僚の生活で、ほかにもっと経済的にうるおう仕事を提供されたこともあったが、自由な時間の多いこの職場を離れなかった。職務は昼過ぎで終るのでその後は自由に過ごせる。時には証券取引所に行って小規模な株の仲買で稼ぐこともできた。住居は一九〇七年に家族といっしょに暮していた家からレプシウス街の小さなアパートに移って一人で暮し、その後は一生ここを動かなかった。

官庁での仕事、行きつけの書店やカフェでの交遊、休暇の際の小旅行、夜ごとのひそかな情事……安定した生活が淡々と続き、詩が生み出されていった。一九二二年カヴァフィスは「個人的な理由」から退職し、以後は年金生活に入った。生活の様相はほとんど変らなかったらしい。

一九三二年、彼は咽喉に異常を感じ、癌と診断された。若い友人たちがいやがる彼を無理にアテネへ送り出し、手術が行われた。詩人は声を失い、翌年死ぬまではずっと筆談にたよらなくてはならなかったという。彼の魅力的な話しかた、朗読の美声を知る者には大きな損失だった。一九三三年四月二十九日、七十歳の誕生日に彼は死んだ。墓所はアレクサンドリアのギリシャ人墓地にある。

晩年の彼の姿を伝える証言を一つ記しておこう——

近代のアレクサンドリアを魂の都市と呼ぶことはまずできない。木綿を土台にし、たまねぎと玉子の協力を得て作られたこの町は建築も都市計画も排水系もすべて悪い。ずいぶんひどいことが言われているし、一番口が悪いのはここの住民たちである。それでも、ここに住めば、道を横断する時などに思いがけず嬉しいことが起る。あなたの名前が、ゆるぎなくしかもどこか瞑想的なアクセントで呼ばれる——一人の人間に会って敬意として声をかけたのであって、返事はあまり期待しないというアクセントだ。ふりかえってみると、パナマ帽をかぶった一人のギリシャ紳士が、宇宙に対してわずかに傾き、微動だにしないで立っている。両手をひろげているかもしれない。「ああ、カヴァフィさん……!」そう、彼はカヴァフィ氏であって、フラットからオフィスへ行くところか、あるいはその逆かである。もしも前者であれば、彼はかすかな絶望の色を漂わせて、すぐに消えてしまう。もしオフィスからフラットへ帰るところなら彼は一つのセンテンスを話しはじめるだろう——実に複雑ながらうまく組み立てられ、決して混線することのない多くの挿入句に満ち、傾聴に値する留保にあふれている。そのセンテンスの論理はあなたの予見する終末へと展開してゆくが、その終末はいつもあなたが予見したよりもはるかに生気に満ち、刺激的である。センテンスは街路で終結することもあり、交通の喧騒に抹殺されることもあり、彼のフラットへ到着してはじめて終ることもある。その内容は、一〇九六年におけるアレクシオス・コムネノス帝の巧妙なふるまいについてだったり、オリーヴの作況とその値の予想だったり、友人たちの資産だったり、ジョージ・エリオットだったり、小アジア内陸部の方言のことだったりする。センテンスは流暢なギリシャ語、英語、ないしフランス語で伝えられる。そして、知的な豊かさと人間味あふれるものの見かた、それにその判断の含む成熟した慈愛にもかかわらず、あなたはそのセンテンスがやはり宇宙に対して少し傾いて立っているのを感じる。つまりは詩人のセンテンスなのだ。

証言者はE・M・フォースターである。

詩材1　歴史

カヴァフィスがギリシャ人であったことが、彼の詩の質を決定している。これはT・S・エリオットがイギリスに渡ったアメリカ人であったり、藤原定家が古代末期の日本人だったのとは質の異なる、決定的としか言いようのない関わりかたであった。彼はギリシャ人についてしか書かなかったと言ってよい。その意識は彼の用いた一語一語に浸透している。

ギリシャ人とは何者か？　人はまずホメーロスから古典期に至るギリシャの文化の富

の尨大(ぼうだい)を思って畏敬を感じ、次におそらく現代ギリシャというヨーロッパの一隅の二流国を思い出して、多少の軽侮を感じるだろう。けれどもギリシャ人はローマの勃興と共に消滅して十九世紀の前半にまたいきなりよみがえったわけではない。そしてカヴァフィスがもっぱら目を注ぐのもこの間のギリシャ人の運命なのだ。

古典期の終りを機にヘレニズムが来る。マケドニア北部出身の若い王の広大な帝国は多くの民族を混淆(こんこう)して国際的な文化圏を作った。そのコーディネーターとしてさまざまの雑多な文化を調停し、融合し、新しい社会へと導いていったのは、長年の文化的訓練の経験を持つギリシャ人であった。

その後ローマ帝国が隆盛を誇り、強力な政治軍事組織の網を地中海圏にひろげたが、そこで文化の主流をなしたのもギリシャ人であった。学芸をこころざす者はアテネのアカデミアに集った。そしてキリスト教という強烈で野生的な若い宗教を飼いならし、論理化し、世界宗教に育てあげたのもギリシャ人とギリシャ語の功績だったと考えられる。七十人訳聖書(セプトゥアギンタ)なくしてそれ以降のキリスト教は考えられない。この旧約聖書の定訳が作られたのは紀元前三世紀のアレクサンドリアだった。

けれどもこの世界史的な過程において最も重要なのは、ギリシャ人はもはや主役ではなかったということである。彼らは常に優秀な調整者・組織者にすぎない。この任務において彼らの知識と能力は他をはるかに圧倒していただろうが、しかし彼らは最終的に事を決める地位にはなかった。**アレクサンドリアからの使者**［78］にその実例を見ることができる――

デルフォイでもこれほど見事な贈物は何世紀も見られなかった。兄弟で張りあっているプトレマイオス家の二人の王がそれぞれに送ってよこしたもの。受け取りはしたものの神官たちは神託について思いまどった。この二人の一体どちらの不興を買うべきか、またそれをどう遠まわしに述べるか、それには彼らの経験のすべてが要求された。そこで彼らは夜ひそかに会合を開いてラギディス一族の家庭内の不和を論じた。

だがそこへ唐突に使者たちが来て別れの挨拶をした。アレクサンドリアへ戻るのだという。神託については彼らはなにも言わなかった。神官たちは喜んだが、

(言うまでもなく贈物は彼らの手に残される)
しかしまた彼らはまごつきもしたのだ。
この突然の無関心の真意はまったく計りかねた。
彼らは知らなかった、昨夜重大な知らせが使者たちに届いたのを、
すなわち神託はローマで与えられる、決着はそちらでつけられる、と。

それに、彼らは国を持たなかった。

もともとギリシャ人の国というものはなかったと言える。ヘロドトスはギリシャ人の定義として生れと言葉と宗教と文化を挙げている。国籍はない。

ギリシャ人はたしかに一つの民族であり一定の地域に住んで一つの言語を使ったけれども遂に統一国家を作らなかった。大きな帝国を築くことに全力を注いだローマ人とは最初から考えかたが違っていた。そして、地中海および黒海沿岸の各地に植民地を作って散っていったことでもわかるように、著しく拡散的であった。ガンダーラ美術にギリシャ彫刻との類似が見られるのは彼らのこの性格による。今日でも彼らは気軽に国を出てゆく。貧困の故と説明されるが、しかし彼らの住まう範囲は同じように貧しいスペイン、ポルトガル、更に貧しいトルコ人の移住圏をぬいてはるかに広い。現代ではオース

トラリアにも彼らのコミュニティーがある。

紀元前二世紀、バルカン半島南端の土地がローマの版図に組みこまれ、ポリスの一つ一つが消滅してゆくと彼らは速やかに国土の概念を忘れ、行く先々でおのれにあった職をみつけ、才能を発揮した。十八世紀後半にバイロンなど西欧のインテリに使嗾（しそう）されてナショナリズムが興起するまで彼らは建国ということを考えなかった。逆に言えば国なくしてもギリシャ人としての資質は決して失われないということである。その秘かな信念はユダヤ人の場合に似ていなくもないが、こちらは宗教に裏打ちされてはおらず、歴史の記憶と言語に依るものだった。

ローマ帝国が東西に分裂した後、事情はいよいよ鮮明になる。東ローマ帝国の実体はギリシャ人の国家であった。彼らは官僚層を形成し、商業の実務を担い、教会に人材を供給する。皇帝がどの家系から出ようと、その下で実務を担当するのはギリシャ人であった。

東ローマ帝国をギリシャ人の国家とみなす思想は近代になって作られたギリシャという国家にもまだ尾を引き、アテネは仮の首都であってコンスタンティノープルを奪還したあかつきにはそちらを首都にするという希望は二十世紀初頭まで残っていた。

古名をビザンティウムと呼ぶあの都市はギリシャ人には一貫してコンスタンティノー

プルだった。今も彼らがあそこをイスタンブルと呼ばないのは、あそこが今もって彼らにはコンスタンティノポリス、ないし略してイ・ポリス(The City)だからである(イスタンブルの語源も「イス・ティン・ポリ」、つまり「町で in the town」というギリシャ語)。東ローマ帝国がオスマン・トルコにほろぼされ、玉座にすわるのが異民族出身の皇帝となっても、ギリシャ人はなお彼らの首都にとどまり、政治と経済の一翼を担った。近代ギリシャ独立運動の主体となったのは彼らであり、ペロポネソスの山賊どもをおさえて若い国家を運営したのもコンスタンティノープルの知識層であった。

ヘレニズム以降ほぼ一貫してこのような立場に身をおいてきたギリシャ人が、おのれをアイロニーの目で見るのはけだし当然かもしれない。二千年にわたって舞台の隅にかくれ、玉座についた愚昧(ぐまい)な皇帝のプロンプターをつとめていれば、しかもその役において優秀であればあるほど、おのれの身をかえりみて自嘲の苦笑をもらす仕儀にもなるだろう。

今日でも観光客の放つ無神経な愚問に傷つきながら、彼らはふっとこの表情を見せる。つまり今どこの国でも知識人が感じているところの、自分は主役ではないという自嘲の念を彼らは二千年にわたって味わってきた。事態を把握しているのは自分たちだという自負はあるのに大衆も王もそれを聞かない。カッサンドラの悲嘆を彼らは受け継いで来た。

しかもカヴァフィスはイギリス支配下のエジプトにおいて英語の知識を用いて両者のなかだちをするギリシャ人という、いうなればこの二千年間のギリシャ人の歴史を一身に負うような立場にあった。これと没落者という出自および同性愛者というひけ目を考えあわせれば、彼の詩がアイロニーを常に通奏低音としてもっているのは当然と言えよう。彼の詩にあるのはメランコリーでありアイロニーである。彼は人生あるいは歴史の最もドラマティックな要素を抽出してその精髄だけを示す。しかしながらこの悲劇的な精神にニヒリズムは影を落さない。それを阻止しているのは、いつの時代のギリシャ人をも支えてきた自負と尊厳の意識である。

詩材2　同性愛

彼の詩の半ばは自分が同性愛者であることを踏まえて書かれている。歴史とは異なる私的領域の詩。

大事なのは同性愛も愛である、ということだ。あるいは、異性愛者はこの言葉の「同性」の方に注目するが同性愛者は当然ながら「愛」の方を重視する。一般の読者はまず偏見を捨てた上で、彼の時代に彼を囲っていた偏見を想像しなければならない。それを超えるのが「愛」。

若いころには異性との交渉があったという説もあるが、成人してからは一貫して同性だけを相手にしたらしい。彼の詩の主題は歴史と官能、アイロニーと失敗・喪失の悲哀などで、これらが融合して一つの詩的世界を作りあげているのだが、その官能の対象はすべて男性である。

永続的な仲は作らなかった。彼の友人であったフォースターの恋人モハメッド＝エル＝アデルが市電の運転手だったというような事情はカヴァフィスについては伝わっていない。

同性愛者であるということは当時のヨーロッパ圏では一応隠蔽した方がよろしいことに属した(オスカー・ワイルドが男性との仲を理由に投獄されたのはカヴァフィスが三十二歳の時である)。そのためかモーリス・バウラは『現代史の実験』で歴史に材を取った詩篇を広く論じる一方で、官能詩篇には一切触れていない。Ｅ・Ｍ・フォースターの性癖が広く知られるようになったのも死後のことである。

夜ごと少年たちのいる曖昧宿に出かけてゆく詩人の性癖に周囲の人々は目をつぶっていたのだろう。そして詩の中で彼はたくみに形容詞を排除して愛人の性別を隠している。

ギリシャ語では人称代名詞の機能を動詞に負わせることができるから、性変化のある形容詞さえ用いなければこのようなことも可能になる（しかしある時期からはこうした配慮をしなくなった。相手をはっきり「彼」としたのは**船の上で**［89］からではないか）。今の相手との激情が主題になることは決してない。シェイクスピアのソネットとは違うのであって、その意味では恋愛詩でさえないと言ってもよい。テーマとの間には常に距離と抑制がある。

彼の言う「愛」を説明するとなるとどうしても引用が多くなる。多いのは過去の記憶の一瞬、例えば――

はるか昔［45］

わたしはある記憶を語りたい……
だがそれはすっかりうすれて……ほとんど何も残っていない――
それというのもはるか昔、青春の日々のことだから。

ジャスミンで作られたような肌
あれはたしか八月――八月だったか？――夜……
思い出せるのはあの眼だけ、青い眼だった……
そう、サファイアのような青の色濃い眼だった。

ある時期以降は、若い恋人たちの幸福を言祝(ことほ)ぐものが増えてくる。その好例が**二人の若い男、二十三ないし二十四歳**[131]。ここではもう二人が共に男性であることは隠されていない――

十時以来、彼はカフェニオンで
今にも相手が現れるかと待っていた
真夜中になった――まだ彼は待っている
一時半を過ぎた。カフェニオンには
もうほとんど誰もいない。
機械的に新聞を読むのにも
厭(あ)きはてた。三シリングという

淋しい持金が残りは一シリングだけ、
長く待つために
コーヒーやコニャックに費やしたのだ。
煙草も全部喫(す)ってしまった。
そして何時間も一人きりでいたので、
道にはずれた自分の暮しを
わずらわしく思いはじめた。

その時、相手が入ってきた――すぐに
疲労と倦怠(けんたい)とわずらわしさは消滅した。
友人は思いもかけぬ知らせをもたらした。
博打(ばくち)で六十ポンドかせいだのだ。

彼ら二人のきわだった顔立ち、美しい若さ
二人の間の感覚的な愛を

この六十ポンドはよみがえらせ、
いきいきと精気を吹きこんだ。

彼らは喜びと力、感性と美に満ちて
そこを出た——それぞれの立派な家族の家ではなく、
（どうせ二人は歓迎されないのだ）
二人がよく知っている特別な
悪の館へ行った。寝室を一つ借り
高価な飲物を買い、また飲んだ。

朝の四時に近い頃、その
高価な飲物を空にして、二人は
幸福な愛に身をまかせた。

客観的な記述で若い男の美だけを取り上げることもある——

玄関の鏡 〔148〕

その富裕な家の玄関には
とても古い巨大な鏡があった。
少なくとも八十年以上前に買われた品。

一人の美しい少年が(洋服屋の店員で、
日曜日にはアマチュア運動家)
包みを手にそこに立った。家のものが受けとり
預り証を取りに中へ入った。少年は
一人そこで待った。
そして鏡のところへ行き、
映った自分を見て
ネクタイをなおした。五分たって
預り証は手渡され、彼は帰っていった。

しかし、その長い生にさまざまなもの、
幾千もの顔と物を
見てきた古い鏡は
今、喜びに満ちた。
つかの間、完璧な美を映して
それを誇らしく思った。

誘惑に負ける放蕩者の心理の例としては**彼は誓う**[49]を見ていただきたい。ここにも失敗の悲哀が漂っている。

詩材3　アイロニー

アイロニーをもう少しきちんと定義しなければならない。日本語の「皮肉」は「予想や期待に反し、思い通りにいかないこと。例　皮肉な結果」などとされるが、古代のギリシャ人が使った本来の意味のアイロニー(イロニア。ギリシャ語では *εἰρωνεία*, 現代語では *ειρωνία*)はそんな単純なものではない。

アイロニーとは知識の落差に由来する感慨のことである。世の中には知らない方がいいということがある。

祈り［4］を見てみよう――

海がその深みへ一人の水夫を連れこんだ――
彼の母は何も知らずに聖母のところへ通い

その前に丈高い蠟燭(ろうそく)をともす
息子の早い帰還と好天を祈って――

そして全身を耳にして風を聞く。
しかし、彼女がそうして祈ったところで、

聖画は厳粛に悲しげにそれを聞きながらも、
知っている、彼女の待つ息子がもう決して戻らぬことを。

これは日常生活のアイロニーだが、歴史のアイロニーでは、後世が知ることを同時代の者は知らない。一九四一年十二月八日、日本国民は真珠湾攻撃の報せを受けて歓喜したが、結末を知る一九四五年八月十五日以降の日本人はその歓喜を共有できない。

演劇のアイロニーでは、カーテンの陰に刺客が潜むことを観客は知っているが主人公は知らない。壁掛けの後ろにいるのがポローニアスであることをハムレットは知らないままに刺す(第三幕第四場)。

ソクラテスは論理的な思考を教えるために、ある主題について自分は無知であると仮定した上で弟子に説明させ、問いを重ねるだけで矛盾の認知に追い込む、という方法を用いた。帰謬法ないし背理法と呼ばれるこれもアイロニーである。

カヴァフィスにとっては二千五百年に亘るギリシャ人の歴史そのものが、それを織りなしてきた人々が知らなかった結果を自分は知っている、という意味でアイロニーだったのだろう。それがさまざまな形で詩の中で再現される。その執拗さはどこか強迫に近いものがあるが、しかし決して諦念ではなく感慨の域に留まるものだ。未来とか希望とか成長などという言葉を信じられなくなった現代の我々はこの姿勢に学ぶべきではないか。詠歎はあっても人生は続く。

歴史のアイロニーの典型として**ネロの命数**[77]を挙げる――

デルフォイの神託を聞いた時も
ネロはまったく動揺しなかった。
《七十三歳を恐れるべし》
楽しむ暇はまだまだある。
彼は三十歳だ。神のくだされた
命数をもってすれば、将来の
危機に対処する時間も充分。

今、彼は少し疲れて戻ってきた。
だが、この旅の疲れのなんと心地よいこと、
楽しみばかりの毎日であった――
劇場と庭苑、そして競技場……
アカイアの町々の夕べ……
また何よりもあれら裸の肉体……

ネロはかくの如し。イスパニアではガルバが
秘密裡に軍を集め、教練をしていた。
彼は老人、その年齢は七十三歳。

詩材４　失敗・喪失の悲哀

彼の詩の主題に哲学的な傾向が一つある。
これはプラトンやアリストテレスの説くような整った哲学ではなく、普通の人々の人生の意味づけのようなもので、**ことの決着**［26］の註に書いたとおり失敗の悲哀とも言うべきもののことである。先に挙げた**彼は誓う**［49］もその一例。カヴァフィスは人の熱意に少しだけ水を差す。

この主題はそれに属する詩篇があるというより、彼の詩のすべてに行き渡っていると言うべきかもしれない。そのため神話や歴史を扱う詩の中にも頻繁に登場する。**中断**［10］では神のせっかくの配慮を人間である親たちが妨害する。**トロイ人**［17］では鼓舞したはずの戦意がたちまちの内にくじかれる——「我々の努力は敗退にしか至らない。／我々の努力はトロイ人のそれに似ている。／少々はうまくゆく、時にはちょっとしたこ

とを／なしとげる。そして自分たちに／勇気と希望があると思いはじめる……」。しかし、結局はそうはならないのだ。

最初期に書かれた**老人**[2]は人生そのものに失敗したという苦い感慨を書く――

騒がしいカフェの奥の方に
一人の老人がテーブルにもたれて坐(すわ)っている、
新聞を前におき、連れもなしに。

みじめに卑(いや)しく年老いた彼は
力も機知も美しさもそなわっていた年頃に
楽しみのいかに少なかったかを思う。

老いたことを彼は知っている、感じている、見ている。
それでも若かった日々はつい昨日のように思われるのだ。
それから今までのなんと短かかったことか。

そして考える、分別にあざむかれたのだと。
いつも信じたのだ——愚かにも！——
《明日は充分時間がある》という嘘を。

思い出す、押さえてしまった情熱を、犠牲にした
多くの喜びを。愚かな知恵から無駄にした
機会の数々が今、彼をあざわらう。

……が、思いを重ね、記憶をたどるうちに
老人の心はかすみはじめる。やがて彼は
カフェのテーブルに倚りかかって、眠りこむ。

その一方で運命に逆らう心意気もある。
さあ、あなたはラケダイモンの王[146]を見よう。
紀元前三世紀、スパルタの王クレオメネスはアテネなどのアカイア同盟と戦っていた。
エジプトのプトレマイオス三世に支援を求めると、相手は条件として王母クラティシク

レイアを人質としてアレクサンドリアに送るよう求めた。

これは屈辱である。ヘラクレス以来の神話的血統を誇るスパルタにとって、七、八十年前に成立したプトレマイオス朝の王など成り上がり以外の何者でもなかった。しかし王母は毅然としてアレクサンドリアに行く船に乗った。神殿で息子と涙の別れを告げた彼女は言うのだ――

「さあ、あなたはラケダイモンの王。
ここを出る時には、
涙もスパルタらしからぬ
ふるまいも見せぬよう。
そこまでは私らの力の及ぶ範囲です。
その先のことは神々の手の中にあるとしても」

そう言って彼女は船の方へ、「神々の手の中にある」ものの方へ、歩み出した。

史実によれば、クラティシクレイアはプトレマイオス四世の王位継承者によって処刑された。(ラケダイモンはスパルタの別称。)

この翻訳について

最後にぼくとこの詩人の関係を述べておこう。

カヴァフィスに出会ったのは二十歳ごろだった。

ロレンス・ダレルの『アレクサンドリア四重奏』の高松雄一訳を河出書房新社が刊行したのが一九六〇年、緑色の『世界文学全集』にこの四部作の第一部『ジュスティーヌ』と第三部『マウントオリーヴ』が入ったのが一九六四年。その年のうちにぼくは読んで夢中になったと記憶する。

現代世界文学の一角に屹立するこの小説はE・M・フォースターのエッセー(『ファロスとファリロン』)以上に詩人カヴァフィスの存在を世界の読書人に教えた。

『ジュスティーヌ』の最後に付録のような形でカヴァフィスの詩が二篇**町**[23]と**神がアントーニウスのもとを去る**[28]が載っていた。今にして思えばダレルによる英訳とそれに忠実な高松の和訳はいささか華麗に過ぎるのだが、しかし詩としての価値はわかった。

一九七五年にぼくにギリシャへの移住を促したのはロレンス・ダレルの弟の動物学者ジェラルド・ダレルが書いた『虫とけものと家族たち』という一九三〇年代のギリシャの田舎の愉快なメモワールの影響(なにしろぼくはこれを訳したのだから)。だが、しばらく日本を出ようと思い立った時、言葉を覚えて読むものがある国という基準を自分に課したについてはカヴァフィスを考えていたと思う。アテネに家を見つけ、大学の予科に通ってギリシャ語を学んだ。

日本に戻ってから少しずつ翻訳を進め、その時々雑誌に載せてきた。仲間を集めて読書会をしたこともある。二〇一八年、最終的な成果を希有の編集者大泉史世の尽力のもとに書肆山田から『カヴァフィス全詩』として刊行した。それを承けたのがこの文庫版である。

つまり六十年かかったのだ。

*

原典を記しておく——

Κ. Π. ΚΑΒΑΦΗ, *ΠΟΙΗΜΑΤΑ Α΄* (*1896–1918*), *Β΄* (*1919–1933*), φιλολογική επιμέλεια

Γ. Π. ΣΑΒΒΙΔΗ, ΙΚΑΡΟΣ, 1963.

ただし詩の順番は左に依った――

Κ. Π. ΚΑΒΑΦΗ, *ΠΟΙΗΜΑΤΑ (1896–1933)*, *Σχέδια* Ν. ΧΑΤΖΗΚΥΡΙΑΚΟΥ ΓΚΙΚΑ, ΙΚΑΡΟΣ, 1990.

古代史によほど詳しい者でないかぎりカヴァフィスの詩は注なしには読めない。印刷の日付けから主題や歴史的背景についてはC. P. *Cavafy: Collected Poems*, Revised Edition, edited by George Savidis, translated by Edmund Keeley and Philip Sherrard, Princeton University Press, 1992. を参照したが、解釈などぼく自身が補ったものも少なくない。

詩の番号は便宜のためにぼくが振ったものであり、原典などにはない。

詩人の一生についてはロバート・リデル『カヴァフィス 詩と生涯』(茂木政敏・中井久夫訳、みすず書房、二〇〇八)を参考にした。

今、思い出したのだが、ぼくはアテネでリデル氏の講演を聴いたことがあった。五十七年前のことだ。

二〇二四年十月　安曇野

タイトル索引

あ　行

さ 行

た　行

な 行

は 行

ま 行

や　行

ら行・わ行

〔編集付記〕

本書は、池澤夏樹訳『カヴァフィス全詩』(書肆山田、二〇一八年)の文庫化である。文庫化にあたり、訳文・訳注を見直したほか、解説を新たにし、タイトル索引を付した。

(岩波文庫編集部)

カヴァフィス詩集（ししゅう）

2024 年 12 月 13 日　第 1 刷発行

訳　者　池澤夏樹（いけざわなつき）

発行者　坂本政謙

発行所　株式会社 岩波書店
〒101-8002 東京都千代田区一ツ橋 2-5-5
案内 03-5210-4000　営業部 03-5210-4111
文庫編集部 03-5210-4051
https://www.iwanami.co.jp/

印刷・三陽社　カバー・精興社　製本・中永製本

ISBN 978-4-00-377015-3　Printed in Japan

読書子に寄す

——岩波文庫発刊に際して——

岩波茂雄

真理は万人によって求められることを自ら欲し、芸術は万人によって愛されることを自ら望む。かつては民を愚昧ならしめるために学芸が最も狭き堂宇に閉鎖されたことがあった。今や知識と美とを特権階級の独占より奪い返すことはつねに進取的なる民衆の切実なる要求である。岩波文庫はこの要求に応じそれに励まされて生まれた。それは生命ある不朽の書を少数者の書斎と研究室とより解放して街頭にくまなく立たしめ民衆に伍せしめるであろう。近時大量生産予約出版の流行を見る。その広告宣伝の狂態はしばらくおくも、後代にのこすと誇称する全集がその編集に万全の用意をなしたるか。千古の典籍の翻訳企図に敬虔の態度を欠かざりしか。さらに分売を許さず読者を繋縛して数十冊を強うるがごとき、はたしてその揚言する学芸解放のゆえんなりや。吾人は天下の名士の声に和してこれを推挙するに躊躇するものである。このときにあたって、岩波書店は自己の責務のいよいよ重大なるを思い、従来の方針の徹底を期するため、すでに十数年以前より志して来た計画を慎重審議この際断然実行することにした。吾人は範をかのレクラム文庫にとり、古今東西にわたって文芸・哲学・社会科学・自然科学等種類のいかんを問わず、いやしくも万人の必読すべき真に古典的価値ある書をきわめて簡易なる形式において逐次刊行し、あらゆる人間に須要なる生活向上の資料、生活批判の原理を提供せんと欲する。この文庫は予約出版の方法を排したるがゆえに、読者は自己の欲する時に自己の欲する書物を各個に自由に選択することができる。携帯に便にして価格の低きを最主とするがゆえに、外観を顧みざるも内容に至っては厳選最も力を尽くし、従来の岩波出版物の特色をますます発揮せしめようとする。この計画たるや世間の一時の投機的なるものと異なり、永遠の事業として吾人は微力を傾倒し、あらゆる犠牲を忍んで今後永久に継続発展せしめ、もって文庫の使命を遺憾なく果たさしめることを期する。芸術を愛し知識を求むる士の自ら進んでこの挙に参加し、希望と忠言とを寄せられることは吾人の熱望するところである。その性質上経済的には最も困難多きこの事業にあえて当たらんとする吾人の志を諒として、その達成のため世の読書子とのうるわしき共同を期待する。

昭和二年七月